Diogenes Taschenbuch 21729

Hugo Loetscher

Abwässer

Ein Gutachten

Diogenes

Für U. H.

Veröffentlicht als Diogenes Taschenbuch, 1989
Alle Rechte an dieser Ausgabe vorbehalten
Diogenes Verlag AG Zürich
40/94/36/2
ISBN 3 257 21729 3

MEINE HERREN, als der Umsturz stattfand, war ich unten bei meinen Kanälen. Es ist eine grundlose Verdächtigung zu behaupten, ich habe mich verkrochen. Freitag ist der einzige Tag, den ich als Inspektor der Abwässer seit meiner Amtsübernahme nicht im Büro verbringe; sondern an dem Tag steige ich zu meinem wöchentlichen Kontrollgang hinunter, und zwar wählte ich mir diesmal den Kanalabschnitt, der von der Kinderkrippe, dem Schlachthaus und dem Stadtpark abgegrenzt wird.

Auf diesem Kontrollgang fiel mir kaum etwas auf, das eine Veränderung in der Oberwelt hätte vermuten lassen. In meinem Kontrollbuch ist nichts Besonderes eingetragen. Ich stutzte zwar einen Moment, als das Abwasser um die Mittagszeit nicht anschwoll. Aber wie hätte ich aus der Tatsache, daß nicht gekocht wurde, daß sich niemand die Hände wusch und sich keiner zu Tisch setzte und kein Geschirr gespült wurde – wie hätte ich daraus schließen sollen, daß oben ein Umsturz stattgefunden hatte?

Sie hielten mir entgegen, daß mein Stellvertreter sogleich an die Oberfläche zurückgekehrt ist. Ohne seinen revolutionären Willen zu mindern, gebe ich Ihnen zu bedenken, daß er an dem Tag, den Sie zum historischen erklärt haben, jenen Teil des Kanalnetzes inspizierte, der unter dem Regierungsviertel liegt. So wurde er von einem

Flüchtenden über die Ereignisse in Kenntnis gesetzt und hatte genügend Zeit, Ihnen Bericht über den wichtigsten Fluchtweg zu erstatten, jenen Kanal, der von der Stadtmitte ins Weichbild zum Schwesterholz führt und der aus der Zeit stammt, als das Abwasser und das Frischwasser ungedeckt nebeneinander flossen.

Hätte ich fliehen wollen, dann hätten mich Ihre Leute kaum dort verhaftet, wo sie mich an das Licht zerrten. Es ist nicht anzunehmen, ich, dem Sie vorgeworfen haben, Einstiege in die Kanäle verraten und damit manchem zur Flucht verholfen zu haben, werde selber aus einer Dole steigen, die nur einige Meter von einem Polizeiposten entfernt liegt.

Es stimmt: jedem, der sich nach einem Einstieg erkundigte, gab ich Auskunft – es ist ein öffentliches Kanalnetz, das ich betreue. Und ich könnte mir keinen Inspektor der Abwässer, auch keinen zukünftigen, vorstellen, der die Auskunft verweigert hätte. Zu meiner Überraschung war ich in den letzten Monaten von einflußreichen Leuten zum Essen eingeladen worden; sie ließen mich abholen, und ich durfte Küchenwünsche anbringen. Man sprach bei diesen Einladungen von der Abwasserarbeit, was ungewohnt ist. Wer redet von Schlammfang und Vorfluter, bevor er sich an einen gedeckten Tisch setzt? Aber man war neugierig, ob es gefährlich sei, durch die Kanäle zu waten, ob auch in unmittelbarer Nähe solche Kanäle angelegt seien, und wie man die Dolendeckel mit bloßer Hand hebe.

Sollte heute einer von Ihnen, meine Herren, gleiche Fragen an mich richten und sollte ich noch Inspektor der Abwässer sein, ich würde ihm in meinem Büro die Wege zeigen, auf denen es möglich sein könnte, über die Abwässer zu entfliehen, wenn es auch keine Garantie gibt, über die Kanalisation zu entkommen, wie die Ereignisse bewiesen. In meinem Büro, an der rechten Wand, hängt die Karte: auf ihr sind die Gebäude dieser unserer Stadt eingetragen, auch jene, die in diesen Tagen zerstört worden sind, in mattem Blau gedruckt, als handle es sich um einen vorläufigen Eintrag; endgültig und schwarz ist aber darauf das Entwässerungsnetz eingezeichnet, mit allen Kanälen, die begehbaren gestrichelt und die bekriechbaren punktiert.

In meinem Kanalabschnitt gab es an diesem Freitag kein Anzeichen für einen Umsturz oder eine Revolution. Erst als ich an den Steigeisen hochkletterte, mich am Rahmen der Schachtabdeckung festhielt und die Stiefel spürte, die meine Finger auf den Asphalt klemmten, wußte ich, daß eine Änderung eingetreten war. Vier junge Arme schoben sich vor das Stück Himmel und packten mich unter der Achsel. Mein Kopf schlug an einen Betonbrunnenring; die Schlupfweite der Einsteigeschächte ist knapp für einen Mann bemessen. Mein Kopf war betäubt, als mich Ihre Leute auf die Beine stellten und fragten, wer ich sei. Ich erwähne dies Ereignis nicht, um mich zu beklagen. Ihre Leute fanden nachher in meiner Tasche die Papiere, die mich als Beamten der gestürzten Regierung auswiesen, was sie nachträglich rechtfertigte, mich auf dem Straßenscheitel niedergeschlagen zu haben.

Ich habe keinen Grund zu klagen, da ich nicht einmal eine ganze Nacht im Gefängnis verbrachte. Sogar die Illustrierte ließ man liegen, ich blätterte darin und las mein

Horoskop für eine zurückliegende Woche. Ja, als man mich um drei Uhr früh weckte, wünschte ich weiterzuschlafen, doch begriff ich, daß Sie meine Zelle benötigten. Man gab mir einen Ausweis, auf dem das Wort »Freiheit« nicht mehr in Grotesk-, sondern in Antiquaschrift gedruckt ist. Bevor man mich entließ, untersuchte mich ein Arzt, ob an meinem Körper Spuren von Mißhandlungen festzustellen seien, was nicht der Fall war. Zwar hatte während meiner Einvernahme einer Ihrer jungen Leute ein Frottiertuch unter dem laufenden Wasserhahnen getränkt und es zu einem Schläger ausgewrungen. Nicht, daß er ihn gebraucht hätte; doch nahm ich an, meine Nerven hätten den Schlag weitergegeben, ohne daß die Haut Spuren aufnimmt. Ich wunderte mich, hatte ich doch von fortschrittlicheren Methoden gehört wie dem Elektroschock und dem Wasserstrahl. In meinem Falle aber schnitt eine Schwester vom Roten Kreuz ein Stück Heftpflaster von einer Rolle. Mit dem neuen Ausweis und dem Heftpflaster für meine geplatzte Lippe wurde ich entlassen.

Noch nie war ich zu dieser Stunde mit gleicher Nüchternheit durch unsere Stadt gegangen. Was mir auffiel, waren die Vögel. Ich ahnte nicht, daß wir mit so viel Vögeln unsere Stadt teilen. Ich sah auch die Hydranten, von denen die Schläuche hingen, die auf die Demonstrierenden gerichtet worden waren, plattgedrückte Schlangen, aus deren Maul Wasser träufelte; ich sah die umgestürzten Autos, die herausgerissenen Sitze, mottend, als fräßen Glühwürmchen daran, und ich ging im Bogen um die Pflastersteine, die gehäuft am Straßenrand lagen als handliche Arsenale für den Mann der Straße, doch ließ ich die Barrikaden rechts und links liegen. Die Vögel müssen an diesem frühen Morgen besonders laut gewesen sein. Ich bemerkte eine Patrouille, die in einen Baum hinaufstaunte, als zwitscherte daraus eine Nachricht. Da fiel mir ein, daß man mir mein Kontrollbuch und meine Schlüssel nicht zurückgegeben hatte. Ich läutete den Hauswart aus dem Schlaf. Ein Unbekannter öffnete; ein Neuer hatte die Aufsicht im Haus übernommen.

Nein, meine Herren, ich beklage mich nicht. Um so mehr nicht, als Sie mir eine ehrenvolle Beförderung in Aussicht stellen, auch wenn mich die Beförderung erschreckt. Ich bin verwirrt. Sie denken an eine Beförderung, und vor drei Tagen noch verwehrte mir, als einem lausigen Verräter, ein Wärter die Auskunft, wieviel Uhr es ist. Aber ich werde das Gutachten schreiben, das Sie von mir fordern. Und ich bin mir bewußt, daß es augenblicklich weniger um die Abwässer geht als um meine Nachfolge. Wie sollten Sie auch so kurz nach dem Umsturz sich wegen der Kanalisation Sorgen bereiten! Hingegen verstehe ich, daß nach einem Umsturz personelle Fragen von Belang sind. Ich hoffe, Ihnen mit diesem Gutachten klarzumachen, was für ein Mann vorzugsweise sich für das Inspektorat der Abwässer eignet. Sollte ich dabei von mir reden, dann geschieht dies beispielshalber.

Das Gefängnis, zum Beispiel, in das man mich brachte, kannte ich. Dorthin geben wir unsere Überkleider zum Waschen. Das Gefängnis besitzt die Wäscherei, die am meisten Leute beschäftigt und die auch die Spitäler bedient; in der Schuhmacherei zudem lassen wir unsere Stiefel flicken und kleben. Ich empfehle auch für die Zukunft, die Dienste dieses Gefängnisses in Anspruch zu nehmen. Nicht nur wegen der Reparaturen und der Wäsche aber war ich oft dort. Sondern viele, die bei den Abwässern arbeiten, ordnen sich über die Kanalisation wieder in die Gesellschaft ein: Buchhalter, die nicht mehr ins Kontor zurückmögen, Zuhälter, die das Milieu nicht mehr anzieht, Bauern, die ihre Höfe angezündet haben, solche, die wegen einer einzigen Tat ins Strafregister kamen, und andere, die von Anstalt zu Anstalt büßten; einige, denen ein Drittel der Strafe erlassen wurde, und andere, die ihr ganzes Urteil absaßen. Es sind Strafentlassene, die sich gefügt hatten, die bald in die zweite Klasse versetzt wurden. Das erlaubte ihnen, die Zellenwände mit Ansichtskarten und Kunstreproduktionen zu schmücken und Tiere zu halten; es versteht sich, nur Tiere, die man nicht ausführen muß; so betreuten sie Kanarienvögel, Goldhamster und weiße Mäuse. Und wurden sie in die dritte Klasse versetzt, durften sie ein Radio aufstellen, eine Tageszeitung abonnieren und in ihrer Freizeit Nebenbeschäftigungen und Nebenverdienst nachgehen. Im Stadium der dritten und höchsten Klasse pflegt ein Inspektor der Abwässer sie kennenzulernen, dann, wenn sie in ihrer Zeitung nach ausgeschriebenen Stellen suchen.

Unter dem Portal, auf dessen Außenseite in der toten Sprache des Lateins »Gerechtigkeit« steht, pflege ich auf sie zu warten. Nicht immer wartet man als Inspektor der Abwässer allein. Oft warten Frauen und Kinder mit, dann stellt man sich am besten beim Kiosk auf, der gegenüber dem Portal liegt und wo sich Sonntagsbesucher mit Geschenken eindecken. Treten die Männer mit ihren Köfferchen heraus, klemmen sie gewöhnlich eine Erbauungsschrift unter den Arm, den Abschiedsgruß des Pförtners, ein Traktat, das manche sogleich in den Rinnstein werfen. Und die Männer, die oft gezögert haben, während der Besuchsstunde über den Tisch hinweg nach den Händen ihrer Frau zu greifen, packen diese nun auf offener Straße. Manche ziehen aus der Tasche ein Geschenk hervor, ein Pferd, einen Hund oder ein anderes Tier, aus Holz, wenn sie in der Schreinerei gearbeitet haben, aus Stoff, wenn sie in der Schneiderei tätig gewesen sind; die Männer haben basteln gelernt.

Tritt man dann als Inspektor der Abwässer hinzu, erschrecken sie oft. Manche befürchten, der Vertrag gelte nicht mehr. Nicht alle, mit denen Arbeit bei den Abwässern abgesprochen worden ist, bleiben bei der Vereinbarung. Kaum stehen sie vor dem Gefängnistor, höhnen sie über die Kanalisation. Aber mit denen, die es ernst meinen, redet man vorzugsweise über Vorreibebeschlüsse und Baugruben, diskutiert man Bruchlasten und Fällungsmittel. Vor allem, wenn man als zukünftiger Arbeitgeber allein wartet, ist das sachliche Gespräch über Arbeit in der ersten Stunde der Freiheit der Trost, den man als Mann dem Manne spendet. Und die Hand, die bei der Begrüßung gezögert hat, dankt beim Abschied mit allen fünf Fingern.

Die Karriere bei den Abwässern zwingt einen Inspektor zu einem regelmäßigen und geregelten Aufenthalt in einem hellen Büro, dessen Lamellenstoren, gegen die Sonne gebaut, vor dem Lichte schützen – es kommt einmal die Zeit, dann liegen die Tage zurück, an denen er nur für die Essenspausen aus den Kanälen an die Oberfläche stieg. Sollte einen zukünftigen Inspektor der Abwässer gelegentlich ein Gefühl wegen seiner Kanäle befallen, schlage ich ihm vor, sich vor Bürozeit in seinem Arbeitsraum am Fenster aufzustellen und durch die Lamellen zu den Baracken hinunterzuschauen und auf den Arbeitsbeginn zu warten: da fahren aus den Garagen die Wagen, die als Last einen eisernen Bauch tragen, aus dem ein Rüssel wächst, um den Schlammfang in den Straßenabläufen sauber zu saugen; da schieben sie die Karren, auf welche die Bockwinden festgebunden sind, und an den Winden baumeln die Korkenschwimmer, die die Bürste durch die Leitung nachziehen, und dann kommen sie, die die begehbaren Kanäle betreuen. Einzeln treten sie heraus, die Blendlaterne auf ihren Mützen, die Jüngeren tragen einen Helm aus Aluminium; die Abwässer-Kanäle gewöhnen nicht an einen Gang Schulter an Schulter, aber dicht marschieren sie. Ihr Schritt löst sich kaum vom Boden, schweigsam gehen sie, denn in den Abzugsschächten folgt jedem Wort ein Echo; so sprechen sie zu leise oder zu laut; sie verlernten, im Licht zu reden; mit griffiger Zärtlichkeit öffnen die Männer die Dolendeckel und die Eisengitter zu den Einsteigeschächten.

Als ich auf Ihren ausdrücklichen Wunsch, meine Herren, am Dienstag die Arbeit wieder aufnahm, vorläufig, wie Sie mir mitteilten, aber nur vorläufig, weil Sie mich für einen höheren Posten vorgesehen haben – als ich meine Arbeit wieder antrat, hatten sich alle Arbeiter eingestellt und standen in einem solidarischen Kreise um mich. Sie sagten kein Wort, obwohl ihnen auffiel, daß ich einen Hut trug; ich wollte die Schürfwunde an meiner rechten Schläfe verdecken. Meine Arbeiter legten es als Anteilnahme aus, daß ich jedem einzelnen die Hand drückte, sie konnten nicht ahnen, daß ich jeden betrachtete und mich fragte, wer von ihnen wohl mein Nachfolger werde, wenn ich das Inspektorat Ihrem Willen gemäß aufzugeben habe.

Lediglich mein einstiger Stellvertreter fehlte. Ich weiß nicht, in welchem Ausschuß er heute tätig ist. Ich weiß nur, daß er einen Rapport verfaßte, in dem er darlegte, daß das Warnsystem der Kanalisation mangelhaft und unbrauchbar sei. Ich erlaube mir, dieses Warnsystem zu verteidigen. Ich selber baute es aus. Ich ließ an den Kanalwänden in Gefahrenhöhe gußeiserne Kästchen anbringen; eine Quecksilberwippe im Innern bewirkt notfalls bei steigendem Wasserdruck, daß Schieber an bestimmten Kanalanfängen selbsttätig schließen, damit das Abwasser umgeleitet wird; wenn die Schieber diesmal versagten, waren es besondere Umstände.

Es ist richtig, daß die Keller- und Straßenüberschwemmungen, die nach dem Umsturz eintraten, eine Folge der verstopften Abzugskanäle waren. Nun steht fest, daß ich über vier Tage nicht im Amt war; das Inspektorat der Abwässer war verwaist. Eine solche Vernachlässigung mußte sich spürbar machen, wenn auch nicht notwendigerweise im Grade der eingetretenen Überschwemmungen. Doch muß ich eine allgemeine Bemerkung vorausschicken, wobei ich einen Fachmann zitiere, der einleuchtend darlegt, daß wir bei unserem Entwässerungsnetz jährlich mit zwei bis drei Überstauungen zu rechnen haben: »Die Entwässerungsleitungen so groß auszulegen, daß sie jeden überhaupt möglichen ›Wolkenbruch‹ unschädlich ableiten könnten, führt zu so erheblichen Leitungsabmessungen, daß die dafür aufzuwendenden Kosten unerträglich hoch werden.« (Zitiert nach Hosang »Stadtentwässerung«.)

Nun war es aber nicht der Regen, welcher die Überstauung herbeiführte. Ich muß hier festhalten, es waren Tote, die die Abzugskanäle verstopften. Flüchtende, die eingestiegen waren, ohne die Viertelstunde für die Frischluftzufuhr abzuwarten, andere, die im Dunkel erschraken und sich mit Feuerzeug und Streichhölzern den Weg suchten, nicht ahnend, daß das offene Feuer in diesem Untergrund lebensbedrohend ist, und andere, die der Regen überraschte. Wenn die Anlage der Kanalisation schon unerträglich hoch käme, um jeden Wolkenbruch abzuleiten, wie teuer käme sie erst, wenn sie bei jedem Umsturz folgenlos dienlich sein sollte.

Mit dieser Überstauung erklärt sich auch das Auftreten der Ratten. Diese mahnen uns Abwasserleute, daß im System etwas nicht in Ordnung ist. Plötzlich sind sie da, auf das Datum genau, wie sie einst in Europa datierbar auftraten. Da huschen sie vor unseren Augen, klettern an den glatten Wänden, vorzügliche Springer und waghalsige Schwimmer, faßbarer dem Ohr als dem Auge. Wo sie nagen, sind unsere Gewissensbisse. Frei von Ratten muß das Kanalsystem sein. Und doch ist es gerade unser Kanalsystem, das den Ratten die Bedingungen zum Gedeihen schafft. Wo immer wir einen Kanal bauen, stellen sie sich ein, rattentreu, wie sie einst dem Menschen auf den Schiffen in alle Kontinente folgten und von den Häfen aus mit den Entdeckern und Kolonisatoren in das Innere der Länder wanderten. Skrupellos zucken sie uns über den Weg, fortpflanzungswütig, weil verfolgt, und fruchtbar, da nicht geduldet; fünfmal werfen die Weibchen im Jahr, damit genügend da sind, bricht ein Damm, bebt die Erde oder findet ein Umsturz statt.

Wir Abwasserleute töten die Ratten. Sie sind Profiteure jener Unordnung, an die sie uns gemahnen. Unser Kanalsystem ist inzwischen wieder rattenfrei geworden. Wir zogen durch die Rohre Drahtseile mit Morgensternen, so groß wie die Durchmesser der Rohre. An diesen Morgensternen wurden die Ratten aufgespießt. Es freut mich, meine Herren, Ihnen dies mitteilen zu können.

Vielleicht war es das letzte Mal, daß ich der Pflicht der Rattenvernichtung oblag. Doch fürchte ich, daß meine Beförderung im Zusammenhang steht mit der Tatsache, daß ich in der Kartothek des früheren Sicherheitsdienstes namentlich aufgeführt wurde, ein Eintrag, dem ich auch die rasche Entlassung aus dem Gefängnis verdanke, wie Sie mir mitteilten. Ich frage mich, ob dieser Eintrag nicht einen Irrtum darstellt, ob er eine Ergebenheit vermuten läßt und eine Gesinnung, die von mir unwidersprochen zu lassen, zweckgemäße Hochstapelei wäre.

Ich erinnere mich an einen Besucher im Frühjahr. Die Klingel über meiner Wohnungstür schrillte, als hätte sie sich bereits mit dem Unbekannten vor der Türe verbündet. Nur Vertreter und Leute, die für Kollekten einziehen, pflegen am Abend bei mir zu läuten. Wenige meiner Untergebenen kennen meine Privatadresse. Der Mann vor der Türe stellte sich als Vertreter einer Firma für Kassenschränke vor. Ehe ich abwehrte, daß ich mein Gehalt den Monat über auf mir trage, nichts auf die Seite lege und über kein Vermögen verfüge, war er bereits im Gang meiner Wohnung, drückte die kunstlederne Mappe gegen seinen Bauch und stöhnte, ihm sei übel. Ich bot ihm auf dem zweiten Fauteuil Platz an. Da verlangte er ein Glas Wasser. Als ich es ihm holte, lehnte er an dem Tisch, auf dem meine Korrespondenz lag; es waren Prospekte von Firmen darauf, die mit Abwasser zu tun hatten. Er bat, einen Augenblick hinausgehen zu dürfen. Ich zeigte ihm die Türe, doch kam er vorher noch einmal zurück und nahm die Mappe mit. Ich setzte mich an einen Tisch und legte meine Patience weiter. Ich hörte, wie er die Türe zum Badezimmer öffnete und ohne einzutreten schloß, und dann hörte ich, wie er in das andere Zimmer trat. Ich wußte, daß er bald zurückkehren würde; denn in meinem Schlafzimmer stehen lediglich ein Bett, ein Nachttisch und eine Lampe. Als ich für eine schwarze Dame einen roten Buben suchte, stand er wieder hinter mir; ich hatte die Patience »Harfe« gelegt, die den Spieler durch ihre Anmut erfreut und dadurch, daß sie meistens aufgeht.

Bevor ich an jenem Abend ins Bett ging, stellte ich fest, daß mein Nachttisch durchsucht worden war. Dort bewahre ich alle Papiere auf, die jemals auf meine Person ausgestellt wurden. Dort liegt mein Geburtsschein, aus dem hervorgeht, daß ich der legitime Sohn eines Ehepaares bin, ein Schein bestätigt, daß man mich nach katholischem Ritus auf den Namen eines Heiligen und eines alleinstehenden Onkels getauft hatte. Dort stapeln sich die Schulzeugnisse, die Auskunft geben, in welchen Fächern ich unterrichtet worden bin und mit welchem Zensurenerfolg. Ein Diplom erinnert daran, daß ich Abendschulen besuchte. Mein Paß liegt dort, mit einer Photographie, die schon nicht mehr auf mein Gesicht zutraf, als sie eingeklebt wurde. Ein rotes Büchlein findet man; darin sind die Tage aufgezeichnet, an denen ich in Uniform dem Vaterlande diente. Und vor allem bewahre ich dort meine einstige Ernennung zum Inspektor der Abwässer auf, ebenso legte ich da Ihren Brief hinein, mit dem Sie mich aufforderten, dieses Gutachten zu schreiben. Sollte ich jemals verschwinden, gibt diese Schublade genügend Auskunft darüber, daß ich kein anonymes Wesen war.

Ich wunderte mich damals, was man in dieser Schublade finden konnte, das für meinen Besucher von Bedeutung hätte sein können. Alte Rechnungen liegen noch darin, Einzahlungsscheine, ungültige Fahrkarten, Postquittungen, ein Adressenbuch, das nie nachgeführt wurde. Es dauerte, bis ich den kartonierten Umschlag in die Hand nahm, auf dem »Negative« geschrieben stand. Der Umschlag war leer. Der Mann hatte in Eile gearbeitet und die beiden Aufnahmen nicht einmal näher betrachtet. Ich leide an chronischem Stirnhöhlenkatarrh; der Besucher vom Sicherheitsdienst hatte die Röntgenaufnahmen meines Kopfes an sich genommen.

Daß mein Name in der Kartothek des Sicherheitsdienstes aufgeführt wurde, war mir unbekannt, bis Sie es mir sagten. Es wundert mich, daß ein Sicherheitsdienst seine heimliche Aktivität für einen Inspektor der Abwässer aufwendet. Nun möchte ich aber, was meine Person betrifft, nicht verschweigen, daß es Polizeiakten über mich gibt;

ich leugnete es einmal; aber ich gab es zu, als man mich bei den Abwässern anstellte, ich kam freiwillig darauf zurück, als man mich zum Inspektor der Abwässer ernannte, ich verheimliche es auch jetzt nicht, obwohl ich vermute, daß dieser Besuch weniger mit meinen persönlichen Taten zusammenhängt als vor allem mit meiner Arbeit und meinem Dienst.

Einmal, meine Herren, bin ich geflohen, obwohl mein Weggehen weder heimlich noch plötzlich, sondern vorbereitet und vor aller Augen sich vollzog. Ich arbeitete damals noch nicht bei den Abwässern, sondern war in einem Privatbetrieb angestellt. Ich kündigte meine Stelle termingerecht, ich war auf Wunsch sogar eine Woche länger im Dienstvertrag geblieben. Ich hatte mein Mietzimmer vorschriftsgemäß aufgegeben und eine Woche Hotel nicht gescheut. Ich hatte das Radio und den elektrischen Rasierapparat, die ich auf Teilzahlung erworben hatte, den Firmen zurückerstattet. Ich hatte auf der Einwohnerkontrolle vorgesprochen, auf jenem Büro, dessen Beamter für alle zuständig ist, deren Nachnamen mit dem gleichen Buchstaben wie der meine beginnen. Doch der Mann in der weißen Schürze verlangte von mir eine Quittung für die bezahlten Steuern des laufenden Jahres. Hätte ich mich losgekauft, hätte ich kein Geld mehr für meine Flucht gehabt. Also meldete ich mich nicht ab; ich führte eine Adresse, an der ich nicht wohnte. Denn an einem Junimorgen verließ ich die Stadt; nicht bei Nacht und Nebel, wie später ein Polizeiwachtmeister mit Berufsromantik schrieb.

Mit der Straßenbahn fuhr ich an die Peripherie. Dorthin, wo Schrebergärten sich das Land aufteilen, wo sich Hütten aus Abbruchholz und Dachpappe hinter Holunder und Beerenbüsche ducken; Königskerzen trieben Wucher auf dem noch nicht gepflasterten Trottoir, ein Baugespann skizzierte ein Haus in die Luft, Arbeiter rissen den Straßenbelag auf und legten einen Graben. Es war die Wiese vor dem Schwesterholz, wohin der Kanal führt, über den sich in den letzten Tagen so viele retten wollten, jene Wiese, auf der ich später das Klärwerk bauen sollte und wo ich vor einigen Tagen die Toten aufbahrte, die wir aus dem Kanal trugen.

Als ich im Winter zurückkehrte, wollte man wissen, weswegen ich weggegangen sei und was ich getrieben habe und vor allem, was meine Rückkehr bedeute. Der eine der beiden Männer, die morgens um sechs Uhr an meine Hotelzimmertüre klopften, packte prüfend meine Sachen in den Koffer und forderte mich verständnisvoll auf, besser gleich zu gestehen. Ich hatte die Meldevorschrift vernachlässigt, ich hatte einen besonderen Militär-Schulungskurs für meinen Jahrgang versäumt; von seiten unserer Stadt lag eine Forderung vor; meine einstige Zimmervermieterin hatte mich auf Schadenersatz für zwei Brandstellen auf der Kommode eingeklagt und für einen Fleck im Teppich. Der Polizeiwachtmeister suchte nach einem Grund für mein Untertauchen, indem er von einer Deckadresse sprach. Er legte mir dar, der Mensch brauche eine Adresse, ohne Adresse sei er nicht erfaßbar, auf einen anständigen Menschen aber dürfe man greifen. Als ich ihm erwiderte, mich habe niemand gesucht, bestand er darauf, daß der anständige Mensch auch dann eine Adresse führe, wenn ihn niemand suche; meine Herren, seitdem ich bei den Abwässern arbeite, führe ich eine gültige Adresse.

Auch heute fiele es mir schwer, den Grund für meine Flucht verständlich zu machen. Verglichen mit den Ursachen, deretwegen so viele in den letzten Tagen ihre Wohnungen verließen, sich in den Wäldern versteckten und gegen die Grenze zogen, war meine Ursache klein. Ich glaubte zu jener Zeit, daß man den Wert der Welt am eignen Glück mißt, eine private Schau, welche die Jugend entschuldigt. Denn ich floh vor einem einzigen Menschen; und hätte man das bleiche Gesicht des Mädchens gesehen mit seinen wehrlosen Augen, man hätte es nicht geglaubt, daß einer davor hätte fliehen können. Ich suchte das Lokal auf, in dem ich sie kennengelernt hatte; doch ich sah sie nie mehr allein. Sie saß mit andern an einem anderen Tisch, ich saß an einem andern Tisch mit andern. Erzählte einer an meinem Tisch etwas, lachte ich laut, und sie lachte laut, wenn an ihrem Tisch ein Wort fiel; wir waren die Lustigen im Lokal, nur wenn sich unsere Blicke trafen, dann schaute jeder zu Boden, und der Boden tat sich unter mir auf. Ich wußte noch nicht, daß unter unseren Füßen kein Abgrund liegt, sondern ein Netz von Kanälen.

Ich hatte sie in einem kleinbürgerlichen Kaffeehaus kennengelernt, an einem Tisch, der mit einer karierten Decke geschützt war, ein Schachbrett; ich ließ mich zum Spiel verleiten. Ich schickte einen Bauer vor, der sagte: »Heiß heute.« Sie sah kaum auf und schob einen Gegenbauer vor: »Ach Gott!« Ich deckte meinen Bauer mit einem zweiten, der fragte: »Sind Sie allein?« »Ja«, sagte sie und zog einen Bauer nach vorn, ungedeckt und nicht deckend.

Ich bat sie um ihre Rufnummer, und sie gab mir die Nummer des Geschäftes, in dem sie arbeitete. Da schickte ich einen Läufer und fragte sie, ob sie am Abend frei sei; sie wußte es noch nicht und sandte einen Läufer zurück mit der Mitteilung, sie erwarte mich noch am Abend im gleichen Lokal. Das Spiel war eröffnet, vor uns lag das Schachbrett. Wir scherzten, wir tauschten Bauern; da schenkte ich ihr einen Springer. Ich zog aus meiner Manteltasche einen Schal, sie griff danach, schämte sich, zugegriffen zu haben, legte ihn sich um, holte den Spiegel aus der Tasche und band den Schal um das Haar. Verwirrt beugte sie sich über das Spiel, senkte den Kopf und griff wahllos und belustigt nach den Figuren, nahm den König mit den Fingerspitzen, stellte ihn hin, nahm einen Turm und schob ihn ins Feld. Ich fragte, wo sie wohne, und sie sagte, sie wohne in der Nähe. Während ich meinen König und meinen Turm auswechselte, wollte ich wissen, ob sie mir zu Hause einen Kaffee koche. Sie sah mich mit geweiteten Augen an und drehte einen Läufer in der Hand. »Oder Tee, wenn Sie keinen Kaffee haben.« Sie überflog das Schachbrett; ich dachte, sie wolle die Figuren vom Tisch fegen, doch wischte sie nur einige Brosamen weg. Ich versteifte mich: »Sie sind am Zug.« Da stellte sie ihre Dame mitten aufs Feld und lud mich ein, sie zu begleiten. Sie bewohnte in einem alten Haus ein Zimmer. Ein bemalter Holztürke hielt eine Lampe in die Höhe, auf dem Tisch stand eine Vase mit frischen Blumen und Ähren aus Glas, und über dem Bett lag ein karierter Überwurf. Ich prüfte die Stellung der Figuren. Da flüchtete sich das Mädchen hinter den Vorhang, und während sie sich unter Batist zu schützen suchte, griffen meine Hände nach dem Vorhang, und tasteten unter dem Stoff nach dem Körper, eine Kosung, die nur von den Handgelenken aus gesteuert wurde. Ich nahm die Dame; das Mädchen verlor die Figur, die sich in alle Richtungen bewegte; ich opferte dafür meinen zweiten Springer. Auf dem Felde stand einsam ein Bauer, der die Dame nicht gerettet, aber gerächt hatte.

Als ich damals am andern Morgen erwachte, hörte ich einen Wasserstrahl auf Geschirr. Ich blickte mich um; die verlorenen Figuren lagen verstreut um das Bett. Ich fischte mit dem Fuß meine Krawatte, die an der Türklinke hing. Da trat sie ein und reichte mir eine Tasse Tee. Wie sie sich über mich beugte, fiel aus ihrem Morgenrock eine Brust, doch schob sie die Brust verschämt unter das Tuch; sie verweigerte meinem Auge, was sie meinem Mund gewährt hatte. Sie hob meine Hosen vom Boden und faltete sie auf der Truhe, dann hängte sie mein Hemd über die Stuhllehne. Die bisher verlorenen Figuren wurden in die Schachtel getan; das Feld wies Lücken auf. Sie stand am Vorhang und hielt sich fest; da riß der Stoff, und zwei Ringe aus Messing baumelten leer an der Stange. »Was arbeitest du?« wollte sie wissen, und ich sagte ihr: »Klempner.« Der Ausgang des Spiels war klar; figurenmäßig hatte ich gewonnen. Ich ließ mir das Badezimmer zeigen und benutzte ihr Mundwasser. Ich versprach ihr, am Abend wieder zu kommen. Da netzte sie ihren Zeigefinger und strich mir meine Brauen glatt und feucht. Doch ich kam abends nicht. Erst zehn Tage später klopfte ich bei ihr an. Sie lag angekleidet auf ihrem Bett und wies mir einen Schaukelstuhl an; jedesmal, wenn ich mich aufrichtete, fiel ich zurück, und der Stuhl schaukelte mit mir, und während ich auf sie einredete, wieviel Arbeit ich gehabt habe, strich sie mit den Fingern über den Saum ihres Kleides. Nur einmal sah sie auf, als sie die Schläge der Kirchenuhr zählte. Ich sah auf dem Tisch eine Obstschale und langte nach einem Apfel, aber die Früchte waren runzlig und schrumpflig geworden, hatten zu lange in der Zimmerwärme gelegen. Da sagte sie: »Nimm ruhig einen auf den Weg. Du weißt, wie man zur Haustüre hinauskommt. Schließ die Tür kräftig, damit sie ins Schloß fällt, es ist eine alte Tür.«

Sie sind wohl überrascht, meine Herren, von mir eine solche Episode zu vernehmen, die ihrer Haltung nach kaum zu einem Inspektor der Abwässer paßt. Aber gerade deswegen möchte ich sie erwähnt wissen. Wer immer auch mein Nachfolger ist, es wird ein Mann sein, in dessen Leben sich Fremdkörper solchartiger Erlebnisse finden, vergleichbar dem sperrigen Material wie Lumpen oder Laub, das nicht mit dem Abwasser wegfließt, sondern an einer Kante oder in einem Rechen hängen bleibt – ein Rechengut, das nie weggeschöpft und vergraben wird und nicht in Vergärung übergeht.

Nein, meine Herren, ich kann mir nicht denken, daß mein Vergehen gegen die Anmeldepflicht und meine Nachlässigkeiten genügten, um meinen Namen auf die Liste der Verdächtigen zu setzen. Die Höhe der Bußen, die ich zu entrichten hatte, kamen zwar der Qualität einer Vorstrafe gleich, zumal ich auch noch die Ausschreibung im Polizei-Anzeiger zu begleichen hatte. Mein Eintrag in die Kartothek des Sicherheitsdienstes muß aus anderen

Gründen vorgenommen worden sein; wahrscheinlicher wohl, weil ich zur Zeit, als mich der Mann aufsuchte, der für den Sicherheitsdienst arbeitete und sich als Vertreter für Kassenschränke ausgab, in eine leidige Geschichte verwickelt war.

Es ergibt sich von selbst, daß man als Inspektor der Abwässer in den Vorstand der »Vereinigten Betreuerinnen der Öffentlichen Bedürfnisanstalten« gewählt wird. Über diese Frauen wird selbst im Wasseramt gespöttelt, und es ist Pflicht eines Abwasser-Inspektors, zu ihnen zu halten. Gewöhnlich sind es Witwen oder sonst alleinstehende Frauen. Sie haben ihre Interessen, die es zu vertreten gilt. Die meisten verbringen den ganzen Tag unter der Erde; man muß für frische Luftzufuhr sorgen, ebenso für Licht, das den Augen nicht allzu sehr schadet. Als ich in den Vorstand dieser Innung gewählt wurde, standen die Frauen gerade im Kampf mit dem »Vereinigten Bahnhofpersonal«, das für sich das ausschließliche Recht der Gepäckaufbewahrung beanspruchte; in dem Punkte mußten wir nachgeben, doch gelang es mir, ein altes Postulat zu verwirklichen, nämlich, daß diese Frauen auch Schuhe putzen dürfen als Nebenverdienst.

Einmal im Jahr schließen die Frauen ihre Häuschen und Tempelchen und fahren auf das Land hinaus. Es wäre falsch, als Inspektor der Abwässer sie auf diesem Ausflug nicht zu begleiten. Bei einem solchen Ausflug hielt ich die Rede, welche politische Folgen hatte, ohne daß diese beabsichtigt waren. In Cars fuhren wir damals in ein Kloster, das heute zur Hälfte als Museum und zur Hälfte als Irrenanstalt dient. Die Frauen trugen Jacken und Schals, die meisten selber gestrickt, und manche hatten sich für diesen Tag Hüte aufgesetzt, und ich erinnere mich noch an Blumen, die nur eine Modistin und keine Natur erfindet. Die Frauen plauderten und kicherten und halfen sich ihre Körper auf das Trittbrett schieben, und mit den Ärmeln wischten sie die Scheiben sauber. Auf den Feldern brannten Kartoffelstauden, Knaben sprangen durch die Feuer, und im geästen Gras lag Obst. Wir tranken vor dem Essen einen Schnaps, vor dem Kloster, an einem Brunnen. Die Frauen verdünnten ihren Schnaps mit Wasser. Sie knöpften ihre Jacken auf; sie nahmen ihre Hüte ab; sie steckten ihre Wellen und Locken mit Spangen fest; die Schals lockerten sich von ihren Schultern. Die Bus-Chauffeure saßen auf dem Brunnenrand, und die Frauen hockten daneben, tauchten die Hände in das Wasser, zogen ihre Gläser wie Schiffe durch den Trog, spritzten die Männer an, prosteten sich zu, umarmten sich und lehnten sich an die Bus-Chauffeure. Da richtete ich das Wort an sie und redete sie, die an den Quellen der Kanalisation sitzen, als »Nymphen der Abwässer« an.

Ich erzählte ihnen eine Geschichte, die mir als jungem Mann zugestoßen war. In einer anderen Stadt, ohne feste Arbeit und ohne sicheres Einkommen, flanierte ich eines Tages, und, wie ich unterwegs war, spürte ich ein Bedürfnis. Als ich den Teller für das Trinkgeld sah, ging ich wieder aus der Anstalt, besaß ich doch schon keine Münze für die Benutzung des Toilettenraumes. Ich begab mich zum nächsten Restaurant und steuerte sogleich auf die Türe, auf der »Herren«, »Damen«, »Privat« und »Telephon« geschrieben stand. Da legte ein Kellner seinen Arm quer über den Rahmen, und, indem er ein Hosenbein mit einer Serviette abstäubte, fragte er mich, was ich wünsche. Ich antwortete ihm, ich möchte telephonieren. Während er das Telephonbuch holte, schlich ich mich davon. In der nächsten Bedürfnisanstalt wartete ich, in eine Ecke gezwängt, bis auf einer Türe das Schildchen von »besetzt« auf »frei« übersprang; ich stemmte meinen Fuß in den Rahmen, bevor die Selbstschließvorrichtung in Funktion trat. Der verdutzte Benutzer schrie auf, doch hatte ich bereits die Türe hinter mir verschlossen. Er holte die Aufwartefrau und beide hämmerten an die Türe. Einmal mußte ich wieder öffnen; ich puffte beide zur Seite; aus der Hand der Betreuerin fiel eine Papierrolle, in der sich mein Fuß verfing. Doch die Schlinge hielt nicht, und ich entkam. Ich tat mit dieser Geschichte öffentliche Abbitte vor jener unbekannten Betreuerin. Und um der Geschichte eine Moral zu geben, fügte ich bei: es sei um eine Gesellschaft seltsam bestellt, in der einer vor sich den Respekt verliert, nur weil er ein Bedürfnis hat und keine Münze, dafür aufzukommen.

Einige Tage danach lag auf meinem Arbeitstisch ein Ausschnitt aus der bürgerlichen Zeitung unserer Stadt. Es war ein Artikel über den römischen Kaiser Vespasian, erschienen im Kulturellen Teil, geschmückt mit einer Porträtbüste aus den Vatikanischen Museen. In dieser kulturhistorischen Abhandlung wurde unter Benutzung neu gefundener Inschriften dargelegt, aus welchen politischen und wirtschaftlichen Überlegungen heraus der römische Kaiser die öffentlichen Bedürfnisanstalten besteuert hatte, er, ein erfolgreicher Feldherr, der Begründer einer Dynastie; und eine zweite Illustration zeigte den Triumphbogen seines Sohnes Titus, der den Tempel in Jerusalem zerstört hatte. Am darauffolgenden Tag lag, wiederum von unbekannter Hand, ein zweiter Ausschnitt aus derselben Zeitung auf meinem Arbeitstisch. Diesmal war es ein Leserbrief, der die Bemerkung eines »gewissen Inspektors« betraf, ohne meinen Namen zu nennen. Die Antwort der Redaktion begann mit dem Satz Napoleons, daß Politik unser Schicksal sei, und es wurde ausgeführt, daß wir nicht in einer Zeit der Plauderer, sondern der Verantwortlichen leben; jeder Bürger habe nicht nur Rechte, sondern auch Pflichten, und diesen Pflichten sei gerade auch in alltäglichen Dingen nachzukommen; es sei lächerlich und bequem, alles vom Staate erwarten zu wollen, zumal die Tarife für die Benützung öffentlicher Anstalten gering seien, ganz abgesehen davon, daß die sogenannten »öffentlichen Bedürfnisanstalten« ihren Namen kaum zu Recht trügen.

Sie verstehen, meine Herren, ich war neugierig zu erfahren, welcher Redakteur oder Mitarbeiter der Zeitung diesen Leserbrief verfaßt hatte. Mir wurde hinterbracht, daß es derselbe junge Mann war, der auch den kulturhistorischen Artikel geschrieben hatte. Und mir fiel wieder ein, daß er überall dort, wo von Bedürfnisanstalten die Rede war, von »Hier« und gar »Hiers« geschrieben hatte. Er war der Sohn einer Betreuerin einer öffentlichen Bedürfnisanstalt, sie hatte ihn studieren lassen. So sehr sich ein Inspektor der Abwässer der öffentlichen Betreuerinnen annehmen soll, vor deren studierten Söhnen muß er sich hüten, auch wenn sie liberal werden.

In der gleichen Woche noch erhielt ich den Anruf eines Gewerkschaftsführers. Er lud mich ein, das Wochenende bei ihm in einem Bauernhaus zu verbringen, das er sich mit alten Möbeln eingerichtet habe, da die Bauern, die vom Land in die Stadt zögen, ihre schönsten Stücke veräußerten. Er erklärte mir am Telephon, bei welcher Warntafel ich von der Hauptstraße nach rechts abzweigen soll. Als ich mich nach der nächsten Bahnstation erkundigte, wollte er nicht glauben, daß ich als höherer Beamter keinen Wagen fahre, doch versprach er, mich abholen zu lassen.

Der Gewerkschaftssekretär begrüßte mich in der Bibliothek. Er trug einen Lodenmantel, an den Schuhen waren profilierte Sohlen zu erkennen. Auf dem Tisch lag eine Fischrute aus Pfefferrohr; er ordnete Löffel und Fliegen. Er begann sogleich vom Unterschied zwischen natürlichen und künstlichen Ködern zu reden: sicherlich sei der König der Köder immer noch der Wurm, besonders der zapplige und zählebige, der erweise sich als fängig; er aber ziehe den künstlichen Köder vor; es gehe nur darum, ihn den Fischen richtig anzubieten; die Trockenfliege müsse wie ein auf dem Wasser reitendes Insekt erscheinen, wogegen die Naßfliege ein ertrunkenes Insekt vorstelle und die Nymphe schwirrend und zappelnd vom Grund aufsteigen müsse. Und während er die Gerätschaften in die Fischtasche versorgte und diese neben das Lägel stellte, lobte er das Fliegenfischen als die Hohe Kunst des Anglers: Mohnenden Forellen und steigenden Äschen eine künstliche Fliege vorzusetzen, so daß diese anbeißen, stelle eine Passion und einen Triumph dar – da meint ein Fisch, er schnappe nach einer Fliege, aber anbeißend, betrügt er sich noch um den Köder.

Der Gewerkschaftssekretär lud mich ein, ihm an den Forellenbach zu folgen. Er hatte ihn aus einem früheren Kanal für teures Geld in einen natürlichen Bach zurückverwandelt. Man sah die kunstvoll angelegten überhängenden und bewachsenen Ufer. Die unregelmäßige Bodengestaltung bot den Fischen Lebensraum und Unterstände. Er hatte das Wasserstück mit Jungfischen besetzt, geschont und war jetzt beim Abfischen: noch leide er bei seiner Bewirtschaftung unter der Zunahme des Fisch-Unkrautes, der Weißfische, doch werde er sich ein Elektrofanggerät für deren Beseitigung besorgen. An diesem Forellenbach kam der Gewerkschaftssekretär auf meine Bemerkung vor den Betreuerinnen der öffentlichen Bedürfnisanstalten zu sprechen. Ich wandte ein: »Ich wollte nur...«; doch führte er sogleich aus, in einer politischen Zeit wie der unseren gäbe es kein »nur«; er versicherte mich ausdrücklich seines Verständnisses für meine Bemerkung, nur fügte er hinzu, daß solche Vorstöße nicht von einzelnen unternommen werden sollten, sondern von organisierten Gruppen, und dann beklagte er sich über die Industrie, in seinem Falle eine Färberei, die heimlich Abwässer in seinen Forellenbach leite.

Er war es auch, der mich daran erinnerte, schon einmal Ärgernis erregt zu haben. Ich war kaum zum Inspektor der Abwässer ernannt worden, da erreichte mich eine merkwürdige Mitteilung: Unten am Fluß habe man bei Einstiegen zu Abzugskanälen alte Zeitungen und Eßreste gefunden. Tatsächlich überraschten wir alte Männer, die dort nächtigten. Ich fand es richtig, das Sozialamt auf diese Männer aufmerksam zu machen. Wir stellten in der Zwischenzeit den alten Leuten eine unserer Baracken zur Verfügung, was nie herausgekommen wäre, wenn einer von ihnen nicht Werkzeug gestohlen und sogar ein Fahrrad weiterverkauft hätte. Es wurde mir verboten, die Barakken für außerdienstliche Zwecke zu verwenden. Ein Verbot, an das sich auch mein Nachfolger zu halten hat. Nun wird mein Nachfolger kaum vor das gleiche Problem gestellt werden; denn inzwischen wurde ein Kredit bewilligt, der uns erlaubte, die Einstiege unten am Fluß so abzuschließen, daß keine alten Männer mehr dort die Nacht verbringen.

Mit diesen Zwischenfällen möchte ich nur klarmachen, wie rasch man als Beamter nach rechts und nach links, nach oben und nach unten anstößt. Als Inspektor der Abwässer muß man sich da besonders hüten. Das Abwasser-Inspektorat ist ja einer der wenigen Posten, die nicht nach parteipolitischem Gesichtspunkt besetzt werden.

Aber schauen Sie, meine Herren, obwohl die eben erzählten Ereignisse mich als Störenfried und Einmischling zeigen, stelle ich mir nicht vor, daß sie die eigentliche Ursache für die Verdächtigung meiner Person abgaben. Ich bin überzeugt, ich bin nicht auf Grund bestimmter Vorkommnisse suspekt geworden. Als Sie einen Ihrer Leute schickten, um mir mitzuteilen, daß ich die Arbeit als Inspektor vorübergehend wieder aufnehmen solle, als ich diesem Manne die Türe öffnete, erkundigte er sich liebenswürdigerweise, ob mein Telephon noch in Ordnung sei; die meisten privaten Verbindungen waren damals noch unterbrochen, und er war von kollegialer Bereitschaft, sich für mich auf dem Telephonamt zu verwenden. Da bedeutete ich ihm, daß ich kein Telephon besitze; er meinte, es sei vorsichtiger, nur zu schreiben; ich beruhigte ihn, ich besäße kein Telephon, da dieses kaum gebraucht würde. Ehe Ihr Mann über meine Auskunft zur vollen Verwunderung kam, verwirrten ihn die geschlossenen Fensterläden; es war Nachmittag. Da gab ich ungefragt die Antwort, ich zöge das künstliche Licht dem Sonnenlicht vor. Der Mann bemerkte mein Spiel Patience und nickte verwirrt, auch seine Mutter habe Karten gelegt. Mit dem Talon wies ich auf die acht Grundkarten und die daneben liegenden Hilfskarten; ich spielte die »Vier Ehepaare«, eine einfache, harmlose Patience, die nicht viel Überlegung und Übung erfordert und daher auch in der Hauptsache Anfängern Freude macht. Doch ich war dem Manne, der mir in Ihrem Namen Ihr Vertrauen aussprechen sollte, bereits verdächtig geworden.

Ja, meine Herren, ich bin aus einem nicht recht faßbaren Grund nicht geheuer. Und ich hege die Befürchtung, daß ich aus dem gleichen Grunde auch in Ihren Augen fraglich erscheine, und ich bin sogar überzeugt, daß, wer immer auch mein Nachfolger wird, er steht eines Tages beim Sicherheitsdienst in Verdacht.

Man wirft mir vor, ich besäße den »Abwasserblick«. Aber wie soll ich am Sonntag durch die Stadt spazieren? Da sehe ich die Bewohner unserer Stadt, gewaschen und geputzt, frisch und sauber, ihre Blusen gestärkt und die Hosen geplättet. Und wenn sie durch das schmiedeiserne Tor in den Stadtpark gehen, wenn die Väter ihren Kindern die Namen der Helden vorlesen, die auf Sockeln stehen, wenn Verliebte sich zwischen Rabatten verlieren – dann weiß ich, daß unter dem Eingang zum Stadtpark der Abzugskanal von der Frauenklinik in den Hauptsammler mündet. Und wenn ich auf dem Zentralplatz sitze und Kaffee trinke, und ich höre ihr Plaudern und Scherzen, ihr Schäkern und Schwatzen, dann höre ich gleichzeitig das seltsame Fließen unter ihren Füßen, und ich weiß, daß in dem Quartier am Sonntag das Abwasser spärlich fließt, weil keine Geschäfte getätigt werden.

Immer wieder hörte ich die Bemerkung, mein Beruf habe mich verdorben. Es mag vorkommen, daß einmal ein Abwasserarbeiter erst durch seine Anstellung zu dem kommt, was man den Abwasserblick nennt. Aber was meine Person betrifft, glaube ich, daß ihr schon ein bestimmter Blick eigen war, bevor ich bei der Kanalisation arbeitete. Ja, ich würde sogar behaupten, daß dies nur von Vorteil ist, und mein Nachfolger sollte nicht jemand sein, der sich zuerst mit dem Gedanken vertraut machen muß, daß es zu unseren Füßen eine andere Stadt gibt als die, die wir mit den Augen sehen – eine Stadt, die im Dunkel liegt, klarer angelegt als die Stadt an der Oberfläche, ebenfalls ihre Hauptplätze und Nebenstraßen besitzend, immer durchflossen und selten begangen, dem Menschen dienend und den meisten unbekannt.

Ohne Zweifel gibt es den Abwasserblick. Ich erinnere mich an eine Frau, die mich als Knaben nach der Schule einlud, eine Tasse heiße Schokolade zu trinken und Zimtschnitten zu essen, Dinge, die ich wie viele Süßigkeiten nicht mochte. Aber es waren die Lieblingsspeisen ihres

Sohnes gewesen, und dieser Sohn war eines Nachmittags mit einem neu gekauften Fußball in ein Auto gerannt und war gegen einen Baum geschleudert worden. Die Mutter verschmerzte den Tod; doch es blieb die nachmittägliche Geste, heiße Schokolade zu brauen und Zimtschnitten zu backen, und da sie niemanden hatte, der für ihren Sohn trank und aß, rief sie mich von der Straße; ich wurde in Stellvertretung tagtäglich außer sonntags verwöhnt.

Als ich an einem Herbsttag die Ärmel meines Hemdes zurückkrempelte, merkte sie, daß die Manschetten angefranst waren, und sie versprach mir ein neues Hemd, sobald ihr Mann den nächsten Prozeß gewonnen habe. Am folgenden freien Schulnachmittag begaben wir uns in die Stadt. Sie kaufte mir ein Hemd und ein Unterhemd, und für sich selbst erstand sie Vorhangstoff. Während wir warteten bis die Verkäuferin die Schnur an den Paketen zu einer Locke gebunden hatte, erzählte mir die Frau von ihrem Manne: daß er eine Sekretärin habe und ein Büro, noch größer als ihr Eßzimmer, daß er ein Anwalt sei, daß er eben einen Prozeß wegen einer Unterschlagung geführt habe – dem günstigen Ausgang dieses Prozesses würden wir das Hemd verdanken, das Unterhemd und den Vorhangstoff. Die Vorhänge kamen also von einer Unterschlagung. Woher kamen dann die andern Möbel? Die Wohnküche war ausgewählt worden nach der Verteidigung eines Totschlägers, die Teppiche kamen von den Unfällen wegen Trunkenheit am Steuer, die Polstergarnitur war das Ergebnis eines erfolgreich durchgeführten Konkurses; kein Plüsch ohne Diebstahl und keine Etagère ohne Erbschaftsstreit, ohne Verleumdung kein Porzellan und ohne Bevormundung kein Fernsehapparat. Ich hatte begriffen: die Frau richtete die Wohnung ein dank dem Recht, das ihr Mann wiederherstellte. Da fragte ich mich: wie würden sie wohnen, gäbe es kein Unrecht?

Daß mir die Frau heiße Schokolade auftischte, als ich nicht mehr in die Schule ging, daß wir die Zwischenmahlzeiten auf den frühen Abend verschoben, daß ich gleich aus der Werkstatt nach Feierabend zu ihr ging, daß ich mich bei ihr duschte, da sie auf Hygiene drang, daß sie mich trocken rieb, damit ich mich nicht erkältete, daß sie vor allem meine Haare trocknete und daß dabei das Frottiertuch meine Schenkel frei gab, daß sie mich zärtlich einen Lehrbuben nannte, daß sie mein Schulterblatt an das Apothekerkästchen im Badezimmer drückte, daß sie an meinen Händen schnupperte, ob auch das Bohröl weggewaschen sei, daß sie ob meiner Pockennarbe am Oberarm erschrak, daß sie mir nie mehr heiße Schokolade zu kochen versprach und daß ich nie mehr zu ihr ging – das war als Einweihung meines Mannesorganes bedeutungslos neben der Einweihung meines Blickes. Als ich auf dem Ehebett lag und ihren Kopf an meine Schulter preßte, um ihren Augen auszuweichen, sah ich mich im ehelichen Schlafzimmer um und fragte mich, welchem Vergehen wir wohl das Eisbärenfell vor dem Doppelbett zu verdanken haben.

Sicherlich trifft man bei Leuten, die bei den Abwässern arbeiten, den Abwasserblick. Das ist unvermeidlich. Und ich erlebte auch einmal, wie sich ein Kollege, ein Inspektor einer anderen Stadtentwässerung, hinreißen ließ. Es erregte ihn, weil einer in Gesellschaft die Nase rümpfte, als er das Wort »Kanalisation« hörte. Das ertrug mein junger Kollege nicht; er war überzeugt, der Wert der Kanäle steige, wenn auch andere an deren Bedeutung glauben. So stritt er sich mit einem Bankier, der glattrasiert errötete; denn mein junger Kollege schleuderte dem älteren Herrn ins Gesicht: die Notenbank sei eine Schwester der Kläranlage, nur daß sie eine bessere Partie gemacht habe. Und der Mann, dem dies gesagt wurde, war Leiter der Notenbank, und seine Unterschrift war auf allen Geldscheinen zu lesen. Und mein junger Kollege fuhr fort voll Sturm und Drang: ob man schon einmal einen Strafverteidiger gesehen habe, der einem Maßschneider einen Fall von Unzucht für einen Anzug bot? Der ziehe aus der Brusttasche ein Portefeuille und lege Geldscheine auf den Tisch, und es könnte genau der Betrag sein, den er für seinen Fall von Unzucht einkassiert habe; und die Frau des Chirurgen tausche im Laden einen Blinddarm nicht gegen einen Truthahn um, obwohl sie vielleicht gerade mit dem Geld, das ihr Mann für eine Blinddarmoperation erhalten habe, einen Truthahn erstehe; ja, da sei ein Strom von Dreck und Schmutz, von Krankheit und Verbrechen, von Leiden und Not, von Untat und Bedürftigkeit, und dieser Strom werde nach gutem Wissen und Können geklärt, im Spital und im Sprechzimmer, in der Schule und bei Gericht, in der Kirche und in Büchern; aber es gebe keine Klärung, bei der kein Abfallprodukt entstehe; das heiße bei den Abwässern Methangas und Schlamm, bei ihm aber sei das Abfallprodukt Geld.

Mit einem solchen Auftritt macht sich ein Inspektor in Gesellschaft nicht beliebt. Sofort protestierten alle Anwesenden dagegen, daß sie von Krankheit und Verbrechen, von Sünden und Schäden lebten. Vor allem ereiferte sich eine Frau Pastorin, weil behauptet wurde, ihr grünes Sackkleid sei mit Sündengeld erstanden worden. Doch gab mein junger Kollege nicht nach; er rechnete der Frau Pastorin vor, wenn alle rein und sündenlos wären, dann brauchten sie ihren Mann nicht und dann müßte er sich nach einer anderen Beschäftigung umsehen. Erst als ein Arzt meinen jungen Kollegen am Arm nahm und ihm darlegte, er, der Arzt, lebe davon, daß er Menschen gesund mache, und die Frau Pastorin erhalte Haushaltgeld, weil ihr Mann die Schäfchen auf den rechten Weg führe – erst da versuchte mein junger Kollege seine Gedanken ruhiger zu fassen. Sie können sich denken, meine Herren, als junger Mensch spricht man sehr abstrakt und nicht immer für den Zusammenhang. Ich schaltete mich damals ein und versuchte meinen Kollegen zu verteidigen, daß wir von den Abwässern nicht an den reinen Menschen glauben, aber daß wir uns darum sorgen, damit er in möglichst sauberen Bedingungen lebt; wobei wir keine Illusion hätten; je sauberer eine Gesellschaft sich gebe, um so größer sei der Durchmesser der Abzugsrohre.

Jeder derartige Streit sollte vermieden werden, obwohl ich es nachfühlen konnte, daß sich mein junger Kollege ärgerte. Manchmal überfällt mich auch die Lust, alle Straßen aufreißen zu lassen und die Leute, die gewaschen tun, an die Aushubstellen zu treiben und ihnen zu zeigen, was für ein Strom unter unseren Füßen fließt. Aber das ist ein Empörungseifer, der einem Inspektor der Abwässer nicht ansteht. Schmutzwasser ist für ihn kein Grund für den heiligen Zorn, sondern ein Anlaß, Kanäle zu bauen, und die Menge des Schmutzwassers ist eine Größe, die er bei der Berechnung der Kanäle und Rohre zu berücksichtigen hat. Abwasser gibt es, da der Mensch sich eine Suppe kocht und seine Hände wäscht.

Wenn man bei der Kanalisation arbeitet, muß man damit rechnen, daß die andern spötteln oder einen belächeln. Wie oft, wenn ich in meinem Restaurant Wein bestelle, scherzt das Fräulein mit mir und meint, so ein Landwein sei immer noch besser als Abwasser – weiß Gott, sie hat recht. Nehmen Sie meinen Fall, meine Herren. Als ich mich als Zwanzigjähriger beim Militär meldete, da wartete ich mit meinen Jahrgängern in der Turnhose vor der Türe des Aushebungsoffiziers. Wer heraustrat, wurde mit Indianergebrüll begrüßt; wir fuchtelten mit den Händen, als schwängen wir einen Tomahawk im Kampf gegen Bleichgesichter. Jeder verkündete laut, welcher Truppengattung er zugeteilt worden war. Da kamen die zukünftigen Flammenwerfer heraus, agil und sprungbereit; die Bauarbeiter zeigten ihre Sappeurhände, mit denen sie Brücken bauen wollten; die Piloten legten die Hände als Kopfhörer an die Ohren; Studenten waren auserwählt worden, Flugbahnen zu berechnen; Infanteristen träumten von den Freiheiten einer Garnisonsstadt; die Kleinen waren stolz auf ihre Körpergröße, der sie die Einteilung zu den Panzern und Tanks verdankten. Und als sie mich mit Indianergebrüll empfingen und mich einer am Haarschopf faßte, um mir den Skalp kreisweise herunterzuschneiden, sagte ich: »Sanität.« Alle verstummten und lächelten, und ein Blonder, ein zukünftiger Artillerist, meinte: »Huch, ich höre Pferdegetrampel«, und versprach mir, sich verwunden zu lassen.

Dabei hatte ich die Granatattrappe ebenso weit geworfen wie die andern. Ich war am Tau in beachtlicher Durchschnittszeit hochgeklettert. Ich war einer der letzten, die noch über die Latte sprangen. Ich war weit gesprungen. Ich hatte im Schwimmen nicht versagt, weder auf dem Rücken noch auf dem Bauch. Einzig den Kopfsprung hatte ich nicht gewagt. Mag sein, daß man mir übelnahm, daß ich nicht kopfvoran in eine Kiesgrube sprang. Aber ich kann mir auch denken, daß es meine Augen waren, die den Aushebungsoffizier zum Entschluß brachten, aus mir einen Sanitätssoldaten zu machen.

Jedenfalls lernte ich bei den Wunden zwischen Rändern und Lappen unterscheiden, zwischen ihrem Kanal und ihrer Fläche. Ich wurde für die Gefechtssanität ausgebildet, und die Blutstillung war ein wichtiger Ausbildungspunkt. Ich übte Verbände, die sich wie eine Kornähre über den Unterarm ziehen und wie eine Schildkröte um die Gelenke kriechen. Ich wurde ferner geprüft, welchen Verband ich bei Verbrennungen anlege und welchen bei Brustwandverletzungen. Ich fixierte mit Improvisationsmaterial einen offenen Bruch. Ich beherrschte zwei Methoden der künstlichen Beatmung, und ich lernte die »Zeichen des Todes« kennen. Doch als ich in die Kanäle stieg, um die Toten herauszuholen, da brauchte ich nicht zu schauen, ob die Augen trübe sind; es war nicht notwendig, das Ohr auf die entblößte Brust zu legen zwischen der vierten und siebten Rippe links vom Brustbein; weder ein Federchen noch ein Glas noch ein Kerzenlicht mußte man vor den Mund halten – die Starre war längst gewichen, und wo die Toten aufgelegen hatten, waren die Leichenflecken eindeutig zu erkennen.

Nun hatte ich einmal vor die Truppen zu treten wegen Verhöhnung der Wehrkraft, nicht allein, sondern zusammen mit dem Offizierputz und der Büroordonnanz. Man maß unserem jugendlichen Übermut ideologische Bedeutung bei. Es war während der Manöver in der Rekrutenschule. Wir drei waren nicht eingesetzt und hockten in einer Scheune. Die Büroordonnanz hatte ein Freßpaket vor sich; da hielten wir Generalstabsbesprechung. Wir ahnten nicht, daß ein Offizier im Heu lag und uns hörte. Aus einer Bananenschale formierten wir die weiche Front; ihr gegenüber lag als zerknülltes Packpapier der harte Frontabschnitt. Eine Apfelsine stellte den Feldherrenhügel dar im Raume Mostpresse; den Feldherrenhügel tarnten wir mit Heu. Als Obersten wählten wir einen Apfelbutzen und lehnten ihn an die Apfelsine. Kaugummipakete ordneten wir in eine lange Reihe: der Nachschub, der kam aus den Koordinaten Häckelmaschine und Heurechen. Aus einer Tüte Studentenfutter nahmen wir die Haselnüsse als Maschinengewehrnester; getrocknete Birnen stellten wir als Fliegerabwehrkanonen auf, die Stiele gegen die Benzinvergaserlampe gerichtet, die über uns zischte. Da fraß die Büroordonnanz die Rosinen, die wir zu Offizieren bestimmt hatten. Darauf beschlossen der Offizierputz und ich, die Büroordonnanz standrechtlich zu erschießen. Wir bewarfen ihn mit einer Stanniolkugel, dann drehten wir an seinen Uniformknöpfen und telephonierten seiner Frau die Witwenschaft durch.

Als Überlebende nahm jeder von uns eine Rippe Schokolade. Die Feuerzeuge hatten wir als Artillerie aufgestellt. Als der Offiziersputz »Feuer« rief, klickten unsere Feuerzeuge; doch gleichzeitig ließ die erschossene Büroordonnanz einen Wind fahren. Sofort klopfte der Offiziersputz seine Pfeife auf dem Kopf des Toten aus und gab die Atomwarnung durch. Der chemische Krieg war ausgebrochen. Wir hielten das Taschentuch vor die Nase und operierten nur noch mit einer Hand, nachdem wir bis fünfzehn gezählt hatten. Ich warf die Infanterie ins Feld, Armeebiskuits, die beim Aufprall an den Rändern bröckelten. Da rollte der Offiziersputz Fleischkäsekonserven im Einsatz an; die Feuerzeuge blitzten; die Konserve fuhr über die Infanterie; die Benzinvergaserlampe schwankte; der Apfelbutzen fiel um; der Feldherrenhügel rollte davon: meine Infanterie war zu Brosamen zermalmt. Da trat ich als Sanitäter in Funktion: ich holte einen Wischer und eine Schaufel und machte das Schlachtfeld sauber.

Was wollen Sie, meine Herren, ich weiß selber, kein General hat sich je mit seiner Sanität gebrüstet; man braucht sie, aber sie macht nicht den Ruhm einer Armee aus, und als ich Rekrut war, da war sie noch nicht einmal bewaffnet, denn man glaubte an einen Krieg mit Konventionen. Sollten wir mit gezückten Injektionsnadeln auf den Feind los? Das feindliche Hauptquartier sterilisieren? Aus Infusionsschläuchen macht man keinen Stolperdraht, und Ampullen sind nicht Wurfgeschosse, und keiner hat sich hinter einem Paket Polsterwatte mit Erfolg verschanzt. Selbst wenn wir die anatomischen und chirurgischen Pinzetten kreuzweise aufstellen, ergibt sich keine

Tanksperre. Nein, mit der Sanität führt man keinen Krieg. Und was bedenklicher ist, es ist eine Truppe, die den Krieg weder gewinnt noch verliert. Wenn die andern schon in die Gefangenenlager gehen, verbinden die noch immer, und sie verbinden, während die andern schon lange zum Siegesmarsch blasen. Zu dieser Truppengattung gehörte ich. Im Ernstfall lege ich Verbände an; im weniger ernsten Fall des Friedens baue ich Kanäle.

Ja, meine Herren, man arbeitet nicht zufällig bei der Kanalisation und sicher nicht folgenlos. Als Inspektor der Abwässer lebt man davon, daß der Mensch kein reines Wesen ist. Diese Voraussetzung teilt sein Beruf mit anderen Tätigkeiten in unserer Gesellschaft. Doch muß er sich im klaren sein, daß es ehrbarer ist, davon zu leben, daß der Mensch krank oder sündhaft, straffällig oder beschädigt ist, als von den Abwässern zu leben. Man ist als Inspektor der Abwässer verdächtig. Sogar bis in die Kartothek des Sicherheitsdienstes hinein, wie sich herausstellte. Damit muß auch mein Nachfolger rechnen. Er kann nicht von Zeit zu Zeit in die Unter-Stadt steigen und durch die Kanäle gehen, ohne Verdacht zu erregen. Man mutet ihm ein Wissen zu, wofür er suspekt wird.

Nun liegt es mir fern, meine Herren, die Arbeit zu desavouieren, der ich über fünfzehn Jahre oblag und von der ich wegbefördert werden soll; es ist nicht meine Absicht, das Inspektorat der Abwässer als etwas Anrüchiges darzustellen. Denn gerade die Tatsache, einen Beruf zu haben, der die Leute daran erinnert, daß sie Bedürfnisse haben, schafft Vertrauen. Nicht nur wegen der Kanäle anläßlich des Umsturzes. Das war ein Notstand, und als

Inspektor der Abwässer muß man damit rechnen, jeweils als fünfzehnter Nothelfer genommen zu werden. Nein, so wie die Verdächtigung sich ohne präzisen Grund einstellt, so stellt sich auch ohne offensichtliche Gefahr und ohne eindeutigen Anlaß ein Vertrauen ein. Ich brauche nur das Wort »Abwasser« auszusprechen, und durch die andern geht eine Unruhe, als hätten sie ein Stichwort gehört. Daher rate ich jedem Nachfolger, das Wort außerhalb der Arbeit nur in unerläßlichen Fällen zu gebrauchen.

Jeder Inspektor der Abwässer wird zwar bald merken, wie unterschiedlich die Leute auf das Stichwort »Abwasser« reagieren. Ein Großteil beginnt damit, daß sie eine Geschichte preisgeben, etwa die Geschichte von der Frau, die ihren Hüftgürtel beim Zahnarzt vergaß. Bleibt man als Inspektor stumm, wiederholen sie die Geschichte und führen aus, eine Frau habe beim Zahnarzt nicht ihren Hüftgürtel auszuziehen, weswegen sie also nicht wegen der Zähne zum Zahnarzt gegangen sei; und sie fahren mit einer anderen Geschichte fort und führen den neuesten Witz an, den sie unlängst gehört und der sie beinahe aus den Socken gehoben habe. In ihren Augen läuft das Wasser zusammen, die Augen werden klein und schief und schlitzig, das Tal zwischen Stirn und Nase füllt sich rosig mit Fleisch, die Nase wächst, und die Nasenflügel weiten sich zu einem plattgedrückten Rüssel, in dessen Scheibe zwei Löcher gähnen, ein Rüssel, gewachsen zum Wühlen, und sie stehen als humorbegabte Schweinsköpfe vor einem.

In solchen Situationen ist es das beste, nicht zu lachen. Nicht nur, weil man die meisten Witze kennt. Aber die

Obszönitäten haben nichts zu tun mit den Geschichten, die man sich etwa in einer Kaserne erzählt oder in einer Kantine, aus Urtrieb den demokratischen Gesprächsstoff wählend, an dem auch Analphabeten und Eunuchen teilhaben können; diese Obszönitäten haben nichts mit jenem Fähigkeitsausweis zu tun, nach dem Jugendliche in halbwüchsiger Verwegenheit greifen, wenn sie mit Erfolg Aufgeschnapptes erfolgreich ihren Altersgenossen zum Schnappen vorwerfen; es hat auch nichts gemeinsam mit der alkoholtrauten Runde Erwachsener, denen die Zunge zu einem verlängerten Eingeweide wird. Nein – es geht darum, daß sich manche mit einer Obszönität von der Bekanntschaft eines Abwasserinspektors loskaufen wollen; sie opfern einen kleinen Schmutz, um sich von den Abwässern zu befreien. Daher lacht ein Inspektor der Abwässer nicht; mit seinem Lachen würde er Lösegeld annehmen.

Nicht, daß man als Abwasserinspektor neugierig wäre auf das, was einem die Leute als Heimliches und Vertrauliches aus ihrem Leben sich anschicken zu berichten. Nach einiger Zeit kann man die Geständnisse selber weiterführen. Es gehört zu den erstaunlichen Erfahrungen, die mit diesem Amt verbunden sind, daß sich das, was die Leute gestehen, unendlich wiederholt; das wenigste hat die Qualität eines selbständigen Vergehens. Nun muß man wissen, daß für die meisten die Obszönität das levé du rideau ist; sie wollen abtasten und sich vergewissern, ob sie anfangen dürfen zu reden. Denn gewöhnlich drängen sie darauf, von sich zu sprechen. Kaum machen sie die Bekanntschaft eines Abwasserinspektors, leeren sie ihr Kröpfchen und schütten ihr Herz aus, in der festen Überzeugung, daß man bei einem Manne, der die Abwässer inspiziert, laufen lassen darf.

Dem ist so, auch wenn man mit keiner Geste und keinem Wort zum Geständnis auffordert. Man hütet sich als Inspektor der Abwässer schon deswegen, weil die gleichen, die einem ungefragt aus ihrem Leben berichten, der zweiten Begegnung ausweichen. In den wenigsten Fällen würde man sie wieder erkennen; aber sie fallen auf, weil sie sich in eine Zeitung vertiefen oder auf die andere Straßenseite wechseln. Das bloße Auftauchen rechnen sie einem als Erpressungsversuch an.

Dabei werden Dinge gestanden, welche die Frauen ebensogut beim Blättern in Illustrierten dem Friseur anvertrauen könnten, wenn sie unter der Haube sitzen und warten, bis ihnen die Frisur im Haar trocknet; das könnten sie gleicherweise dem Masseur gestehen, wenn er sie knetet, um ihrem Körper jugendliche Spannkraft zu verleihen; das übersteigt selten, was ein Mann einer Frau hinter der Bar, glasweise gesteigert, anvertraut. Nur wundert es einen, daß manche dabei die Hand vor den Mund halten und sich mit einem Seitenblick sichern; es überraschte mich stets zu sehen, wie sie durchschnittliche Gemeinheiten und übliche Quälereien, gewöhnliche Unehrlichkeiten und gängige Vergehen überwerten.

Jeder Inspektor der Abwässer merkt bald, wenn die andern eigens Unebenheiten erfinden für die Beichte. Da ist er zum Beispiel auf einer Redaktion und prüft Legenden, die in der Wochenzeitung unter den zu veröffentlichenden Plänen und Modellaufnahmen gedruckt werden sollen. Während er die Korrekturfahnen in der Hand hält, dreht sich der Redakteur mit wollüstiger Ungeduld auf dem Stuhl und hält einem endlich das Brustbild einer Schauspielerin hin. Der Redakteur, der eine wöchentliche Spalte füllt, gesteht, er brauche weder Parfüm noch Blumen zu schicken, der Name seiner Wochenzeitung genüge; er meint lässig, er öffne auch jenen Knopf, bei dem im Film abgeblendet oder mindestens nachträglich geschnitten werde; er schaue sich die Frauen genau an, ehe er über sie schreibe, nur lasse er nicht alles photographieren, was er von Auge gesehen habe; und gähnend stellt er fest, am Ende gäbe es immer nur einen Akt, Vorhang herunter und Leintuch darüber, die Woche habe auch für ihn nur sieben Nächte, wiewohl er bei seiner freien Arbeitszeit auch Nachmittage mitrechnen könne, aber letzten Endes sei man verheiratet. Da stellt man am besten in aller Ruhe und mit gelegentlichem Kopfnicken auf der Korrekturfahne die Buchstaben um, während der Redakteur auf dem Photo um den Hals ein Collier mit einem Bleistift zeichnet, gegen den sich das Glanzpapier wehrt.

Bei diesen erfundenen Sünden lautet logischerweise die Absolution nicht: »Es sei dir vergeben«, sondern »Das hätte ich Ihnen nie zugetraut«. Was mich betraf, half ich manchem, seine erfundenen Sünden auszuschmücken. Wenn eine Frau in einem Selbstbedienungs-Restaurant neben einem am Tischchen steht und schon längst gerne ins Gespräch gekommen wäre, und man einfach »Abwasser« flüstert, da nickt sie und nickt sie, preßt die Einkaufstasche an sich, und sie erzählt, wie schrecklich es sei mit dem Mann, der ihr das Mineralwasser ins Haus bringe, der habe sie in den Keller gelockt. Da hilft man ihr die Szene ausstaffieren, man erinnert sie an die Einmachgläser, an die sie sich halten wollte, und man stellt sich vor, daß ihr Gesicht ganz schwarz war, weil sie der Mineralwassermann gegen einen Kohlensack drückte, wie sie bestätigt. Man muß helfen, wenn Leute das Bedürfnis haben, aus den üblichen Vergehen auszubrechen, und man sollte ihnen beistehen, damit sie wenigstens das, was sie nicht erleben, einmal ausführlich beichten können; denn das sind Leute, die sich nicht mit einem Witz von den Abwässern befreien wollen.

Natürlich ist nicht alles, was einem gestanden wird, erfunden. Sie verstehen, meine Herren, daß ich mich nicht in Einzelheiten auslassen darf. Es könnte ja sein, daß ich noch einige Zeit Inspektor der Abwässer bleibe und daß vielleicht sogar einer von Ihnen das Bedürfnis hätte, irgendwie mit einem Inspektor der Abwässer zu reden, wenn er ihm zufällig begegnen sollte, und da muß er doch die Gewißheit haben, daß das, was einem Abwassermann gesagt, schon längst weggeschwommen und fortgetragen worden ist und durch eine Kläranlage ging.

Doch muß mein Nachfolger damit rechnen, daß durch diese Geständnisse sich die Welt verändert, und zwar auf eine Weise, von der er allein Kenntnis hat. Wenn ich zum Beispiel in das Büro des... eintrete, sehe ich auf dem Schreibtisch eine Photographie: eine Frau, auf einer Ufermauer sitzend, hinter ihr ein eintöniger Himmel, und vor ihr ein Kind, und beide lächeln vor dem Manne, der einen schwarzen Vogel aus einem Kasten steigen läßt. Der Beamte pflegt jedem, der hereinkommt, das Photo hinzuhalten, weil er sich über jedes Lob über seine Frau und sein Kind freut. Nur ich, ich sagte nie ein Wort, auch wenn ich nickte. Ich hatte diese Frau einmal vor dem Lift getroffen und hatte sie gefragt, wie es ihr gehe, und als ich ihr die Lifttüre öffnete, nahm sie meine Frage ernst. Während die Stockwerke in absteigender Reihenfolge aufleuchteten, erzählte sie, ihr Kind von einem anderen Manne empfangen und es unter dem Herzen in eine Ehe geschmuggelt zu haben, und daß sie manchmal am Abend vor dem Kinderbett steht und ihren Jungen ankleidet und sagt, sie beide würden fortgehen, und sie gehen in den Garten vor das Haus, und dann bringt sie das Kind zurück. Die Frau lehnte sich mit ihrer Hand an die Stelle der Liftwand, an der neben den Bedienungsvorschriften die Klingeln für »Halt« und »Alarm« angebracht waren. Was soll man da anderes tun als nicken beim Anblick eines Photos, auf dem eine Frau und ein Kind vor einem Manne lächeln, der aus einem schwarzen Kasten einen Vogel steigen läßt.

Schwer fällt es einem da nicht, zu schweigen. Fraglich wurde es erst beim jüngsten Umsturz, weil man sich verpflichtet fühlte, bei der Einvernahme die ganze Wahrheit zu sagen. Ich war daher froh, daß der Herr, der mich ausfragte, nicht weiter in mich drang. Er hob zwar die Brille und meinte mit dem Idiotenblick der Kurzsichtigen, ich sei einer der Gutinformierten; doch ich schwieg, und der Einvernehmer ging über mein Schweigen weg. Ich hätte auch keine politische Auskunft geben können; ich weiß nur private Dinge. Aber wir haben alle erfahren, in welchem Maße private Dinge für die Politik entscheidend sein können. Erinnern Sie sich nur an einen Ihrer Wortführer, vor dem Umsturz, meine ich. Was hätte die gestürzte Regierung getan, hätte der Diplomat Zerblitz kein Privatleben geführt? Am Tage seiner Verhaftung fielen auch seine Argumente. Und dies, weil er Golf spielte und weil er mit Absicht den Ball über das Loch hinausschoß und den Caddie aufforderte, den Ball zu suchen, und dem Jungen, der ihm die Stöcke trug, nachging und ihn im Busch verführte. Er hoffte, sie würden ihn zurückholen. Er selber reichte damals den Abschied ein und verbrachte drei Monate in einer Privatklinik zur Beobachtung. Er war in Freiheit, als der Umsturz stattfand. Ich begegnete ihm unlängst vor einem Aktualitätenkino: sein rechtes Auge zuckte und sah zu Boden, als sei dort das Monokel zersplittert, das er seit seiner Entlassung nicht mehr trug.

Nun wären aber viele private Geständnisse nicht einmal politisch mehr verwertbar gewesen. Oder was fangen Sie damit an, wenn Ihnen ein Mantelfabrikant gesteht, er wäre lieber Dirigent geworden, er interessiere sich nicht mehr für Tempi, sondern für Raglanschnitte, daß er jedoch manchmal am Abend sich im Zimmer einschließt, das Licht gelöscht, vor einem Grammophon dirigiert, das auch ohne ihn spielen würde. Da wäre ein Mechaniker gerne Volksschullehrer geworden, und ein Zeitungsverkäufer spart für Kurse, an denen Reiseführer ausgebildet werden, und eine Hausfrau hätte alles Talent als Malerin, doch kam ein Kind – da muß man als Inspektor der Abwässer hinhören, und es wäre gegen die Gesinnung, wenn auch nicht gegen den Vertrag, nicht Ohr zu sein.

Als Abwasserinspektor muß man sich daran gewöhnen, dem verworfenen Leben zu begegnen. Wird aus dem Abwasser ein Embryo gefischt, muß der Inspektor persönlich Augenschein nehmen; denn der Bericht an die Polizei verlangt seine Unterschrift. Es gehört zu seinen nervenprüfenden Augenblicken, wenn er in den Abzugskanälen sieht, wie das Abwasser Verhütungsmittel trägt, leichter als das Wasser, da aus Gummi, samstags und sonntags zu einer Schicht anschwellend. Dabei sind es nur die Verhütungsmittel, die man sieht und die im Grobrechen hängen bleiben, bis sie maschinell abgeräumt und über die Zerkleinerungsmaschine zerstückelt und dem Abwasser zurückgegeben werden. Ein Abwassermann kanalisiert den Strom von Ungeborenen, der unter unseren Füßen fließt.

Ich rede hier von diesen Geständnissen, die man einem Inspektor der Abwässer macht, weil die Leute sie nicht der Person, sondern dem Amtsträger anvertrauen. Ich hatte in den letzten Jahren öfters Gelegenheit, mit anderen Abwasserinspektoren zu reden. Die Verschmutzung der Gewässer hat Formen angenommen, denen in herkömmlicher Weise nicht mehr beizukommen ist; die Industrialisierung hat ihre Folgen. Es pflegen sich ja auch seit zehn Jahren die Abwasserfachleute zum Erfahrungsaustausch und zur Meinungsbildung zu treffen, und sie führen Konferenzen durch, um das Abwasserproblem auf internationaler Ebene zu lösen. Denken Sie nur an den Rhein oder an die Donau, klassisch-historische Flüsse, auch wenn sich heute die politischen Entscheidungen nicht mehr an deren Ufern abspielen. Aber würde die Schweiz hemmungslos ihre Abwässer in den Rhein lassen, täte dies Deutschland gleicherweise, es würde schon um Straßburg bedenklich stehen, ganz abgesehen von den Holländern.

Und ebenso wäre es unverständlich, wenn Deutschland seine südlichen Abwässer einfach in die Donau ließe, wie aufgeteilt der Donauraum auch immer wäre, er litte darunter. Der englische Vorschlag, jedem Land, entsprechend der Einwohnerzahl, der sogenannten Abwasserlast, eine Minimalverschmutzung internationaler Gewässer zuzugestehen, hält nicht mehr an.

Ich möchte in diesem Zusammenhang auf eine wichtige Sache zu reden kommen, eine Angelegenheit, die nicht nur meinen Nachfolger betrifft, sondern Entscheidungen von Ihrer Seite erfordert. Ich habe über das Radio vernommen, daß wir mit Ländern diplomatische Beziehungen aufgenommen haben, deren Hauptstädte die wenigsten von uns in der Schule lernten, und ich habe gehört, daß wir aus anderen Hauptstädten unsere diplomatischen Vertreter zurückgezogen haben. Was die Abwässer anbelangt, möchte ich Ihnen dringend nahelegen, die Mitgliedschaft bei dem ISI (International Sewage Institute) nicht aufzugeben, jener Weltorganisation, die sich mit den Abwasserfragen aller Siedlungsgebiete befaßt, und ebenso wenig aus der IIW (International Industrial Wastes) auszutreten, einer angeschlossenen Wirtschaftsorganisation, die im besonderen Probleme der Industriewässer prüft. Ich dringe nicht deswegen auf die Aufrechterhaltung unserer Mitgliedschaft, weil ich die Ehre hatte, als Abwasserspezialist in diesen beiden Gremien unser Land zu vertreten; das ist eine lächerliche Vermutung, die wohl von meinem einstigen Stellvertreter ausgesprochen wurde. Sicherlich, die Ergebnisse sind nicht handgreiflich, wie man es sich wünschte. Doch bedenken Sie, meine Herren, daß die verschiedensten Länder sich in diesen Organisationen treffen; für uns stellt sich bereits das Problem, was machen wir mit dem Gas, das wir aus der Kläranlage gewinnen, und andere müssen überhaupt erst lernen, einen Graben zu ziehen. Es ist klar, daß die angestrebte Normierung der Grundstückentwässerungsgegenstände nicht so bald erreicht wird. In dieser Hinsicht spiegle ich weder Ihnen noch mir etwas vor. Es war schon schwierig, in unserem eigenen Lande Normblätter für das Abwasserwesen aufzustellen und als verbindlich zu erklären und angewendet zu sehen. Es geht bei keiner der beiden Organisationen um Patente, wie viele gerade in Gewerbekreisen befürchten, und es versteht sich, daß die Bauernschaft mißtrauisch ist, da sie sich während einer Vergangenheit an Senkgruben gewöhnt hat. Und doch wurden in der Festlegung von Entwässerungsgegenständen und Teilen davon Fortschritte gemacht, die sich in der Praxis bewährten. Daraus erwachsen auch uns Vorteile. Ich bin zwar der Meinung, daß es unsinnig ist, eine Asbest-Zementrohrindustrie zu schützen, wenn das Ausland leistungsfähigere Produkte hervorbringt. Anderseits stellen wir Geruchsverschlüsse aus Blei her, die unschlagbar sind. Die internationalen Abwasserorganisationen bemühen sich in wohldurchdachten Programmen, den unterentwickelten Ländern zu Kanalisationen zu verhelfen, welche deren Zukunft und wachsenden Abwasserlast der stets zunehmenden Bevölkerung Rechnung tragen. Es wäre denkbar, daß eines Tages ein Großteil der Geruchsverschlüse aus Blei in Afrika und Asien das Herstell-, Güte- und Prüfezeichen unseres Landes trägt.

Ein zukünftiger Vertreter unseres Landes müßte vielleicht vorsichtiger sein als ich, da die Gespräche zwangsläufig über das rein Fachliche hinausgehen, vor allem in den Wandelgängen, wo nicht nur um Stimmen geworben wird. Bei solchen Gesprächen erkundigte ich mich bei meinen Kollegen, ob es ihnen ebenso geht, daß sich ihre Mitbürger voll Vertrauen an sie wenden. Unter den Gefragten befand sich auch der spanische Delegierte; doch wurde der Zwischenfall aufgebauscht. Ich bin heute noch überzeugt, daß er sich lediglich ärgerte, weil ich bei seinem Namen nicht wußte, wo der christliche Vorname aufhört und der Nachname anfängt. Er wehrte sich sogleich, man habe von der Kanalisation in seinem Lande eine völlig falsche Meinung. Sein Protest bezog sich glücklicherweise nicht auf unser Land, sondern nur auf meine Person; da ich nicht verstand, was er meinte, war es mir ein leichtes, mich zu entschuldigen. Aber es war ein typischer Fall; er war ein Grande und kein Fachmann.

Jeder Inspektor der Abwässer wird sich eines Tages fragen, wem sich denn seinerseits ein Inspektor der Abwässer anvertraut; aber auf diese Fragen sind mir alle Kollegen stets ausgewichen, und wenn ich ehrlich bin, täte ich es ihnen gleich. Ich fühlte bis heute nie das Bedürfnis, von mir zu reden. Durch diesen Umsturz bin ich aber soweit. Sie haben mich gebeten, ein Gutachten über das Inspektorat der Abwässer zu schreiben. Und ich hoffe, es gelingt mir, Ihnen ein Bild von jenem Manne zu geben, der sich für diesen Posten, den unsere Gesellschaft zu vergeben hat, am ehesten eignet.

Es ist ja auffallend, daß die Geständnisse, die man einem

Inspektor der Abwässer macht, sich gewöhnlich um Intimitäten bewegen: das hat mit Warten auf einen Anruf zu tun, mit dem Packen von Koffern, mit dem Adreßbuch, mit Konsultationen beim Arzt, mit Zigaretten und Taschentüchern, mit sauberer Wäsche und Freizeit, mit dem Aufhorchen beim Heulen eines Motors und mit der letzten Straßenbahn – Intimitäten, die mich anfänglich verlegen machten, da ich als Abwassermann eher Bescheid weiß über Berechnungsregen und Bürstenwalzen. In den ersten Jahren meines Inspektorats versuchte ich diesen Gesprächen auszuweichen, ich lenkte ab und wollte über Sickerteiche reden, aber der andere bemitleidete sich, weil er seine Frau betrog, und die Frauen weigerten sich, mit mir über Verdünnungsverhältnisse zu sprechen, sondern klagten, daß sie ihrem Manne immer fremder würden. Da mir diese Gespräche anfänglich Schwierigkeiten bereiteten, möchte ich in diesem Gutachten darlegen, warum dies nichts Überraschendes ist. Ich selber kam erst darauf, als ich einmal nach Rom fuhr.

In der Ewigen Stadt gibt es das klassische Denkmal der Kanalisation. Ich stieß nur zufällig darauf. Hätte ich nicht im Baedeker gelesen, ich wüßte es jetzt noch nicht. Aber als ein Mann, der einst Abendkurse besuchte, um sich weiterzubilden, las ich im Fremdenführer genau nach, was ich auf dem Forum sah. Das Denkmal der Kanalisation ist unauffällig, verglichen mit den Tempeln und Triumphbögen; es liegt tiefer als der Boden des Forums, der schon Schicht um Schicht abgetragen werden mußte. Ja, das Denkmal ist nichts als ein Loch im Boden, und durch diese Öffnung sieht man in die cloaca maxima, den Hauptkanal der römischen Abwässer, und dieser Ort, an dem die cloaca maxima in das Forum einmündet, war der schönsten Frau geweiht, jener Göttin, von der man sagt, daß sie aus Schaum geboren sei. Venus, die Göttin der Liebe, war einmal die Schutzpatronin der Abwasserleute.

Dies zu wissen, ist für einen zukünftigen Inspektor der Abwässer nicht uninteressant. Denn bei Gelegenheit wird er sicherlich nach Rom kommen, und warum sollte er seine Romreise nicht mit einer kleinen Wallfahrt zur cloaca maxima verbinden? Und selbst wenn er diese Stätte nicht aufsuchen sollte – wenn er weiß, daß die Liebesgöttin einst die Abwässer und deren Kanäle beschützte, wird er weniger überrascht sein, daß ihn die andern in ihre Liebesgeschichten einweihen, und er kann sich auf diese Weise jene Jahre der Verlegenheit und Unsicherheit ersparen, wie ich sie erlebte. Denn auf diese Dinge hatte mich niemand aufmerksam gemacht, auch mein Vorgänger nicht, obwohl ich gut mit ihm stand.

Nun starb er einen klassischen Abwassertod, völlig unerwartet. Er war aus einer Dole aufgestiegen, ein Auto überfuhr ihn. Der Lenker hatte die Warntafel zu spät bemerkt. So lag er, der von einem wöchentlichen Kontrollgang zurück ans Licht stieg, mit seinem Oberkörper auf der Straßenkrone; die Beine staken noch in den Steigeisen, und Spuren deuteten darauf: das Blut, das seinen Körper verließ, kroch an der Wand des Einsteigeschachtes in die Tiefe. Nicht der Einstieg ist gefährlich, sondern die Rückkehr an die Oberfläche.

Mein Vorgänger hieß Nepomuk. Er war nicht von Geburt, sondern durch Papier Bürger unseres Landes. Um die Geschichte dieses Papierstückes nicht erzählen und den Nachnamen den andern nicht korrekt vorsprechen zu müssen, wünschte er, Nepomuk gerufen zu werden. Von ihm erfuhr ich, daß »Nepomuk« eigentlich der Name einer Ortschaft ist. Er berichtete mir von jener Figur, die aus dem Namen einer Ortschaft den Namen eines Christenmenschen machte: von Johannes von Nepomuk. Als mein Vorgänger dies erzählte, war ich neugierig; mich interessierte die Gestalt, weil sie Beziehung zum Wasser hatte; denn in früheren Zeiten betete man bei Wassergefahr zu ihm, und er steht noch als Statue zum Schutz auf Brücken in anderen Gegenden, vor allem in jener, aus der mein Vorgänger stammte. Ich las im Lexikon über diesen Mann nach, der so fromm war, daß man seinem Leben nur mit einer Legende beikommen konnte. Er soll, an Händen und Füßen gefesselt, in die Moldau geworfen worden sein; es wird gesagt, der König Wenzel habe ihn zwingen wollen preiszugeben, was seine Gemahlin in der Beichte ausgesagt hatte, doch habe Johannes von Nepomuk geschwiegen; es soll ihm der Mund, der geschlossene, mit einem Holzstück aufgesperrt worden sein; dann erst habe man ihn in den Fluß geworfen. Und es wird des fernern gesagt, König Wenzel habe Johannes von Nepomuk aus Langeweile und vor Wut über dessen Frömmigkeit eigenhändig gebrannt und ihm dann den kläglichen Befehl erteilt, über den Vorfall zu schweigen, was Nepomuk tat. Nach dem Manne, der das ihm widerfahrene Unrecht nicht zum Anlaß eines einzigen Wortes nahm, hieß mein Vorgänger Nepomuk.

Ich möchte ihn hier erwähnen; er hatte sich für die

weitgehende Verwendung von Steinzeugrohren eingesetzt. Nicht zu Unrecht; gibt es doch Rohre, die über achtzig Jahre ununterbrochen in Betrieb sind, ohne abgenutzt zu werden oder ermüdet zu sein und ohne Schaden gelitten zu haben, trotz der aggressiven Abwässer. Und mein Vorgänger lobte den Ton. Er hatte mich einmal durch den Schuppen geführt. Wir suchten Rohre mit Doppelmuffen und benutzten die Gelegenheit, unser Lager von Steinzeugrohren zu kontrollieren. Nepomuk klärte mich auf, daß der Ton ein Zersetzungsprodukt ist, aus natürlichem Gestein verwittert, und daß man beim Brennen und Trocknen Spannungen vermindert, indem man ein Magerungsmittel beigibt, vor allem Schamotte, und daß man die homogene Masse, um eine gute Plastizität zu erzielen, einem künstlichen Alterungsprozeß unterwirft, bevor sie in die Rohrpresse kommt. Vor allem aber lobte er die Glasur, und mit den Händen zeichnete er in die Luft die Flamme, in welche denaturiertes Kochsalz geschüttet wird. Dieser Glasur, sagte er, müßte man ähnlich werden: hart wie Korund, ungewöhnlich glatt, porenfrei und untrennbar mit den Scherben verbunden.

Er hatte mich wiederholt eingeladen, doch nie auf eine bestimmte Zeit. Während Jahren sprachen wir davon, daß wir uns einmal privat sehen sollten; er deutete an, daß er einen Nachfolger brauche – aber es blieb bei dieser Andeutung. Ich weiß heute noch nicht, ob er Familie hatte; ich vermute, nein. Denn als ich das Büro bezog, das seines gewesen war, da legte ich seine privaten Gegenstände in eine Kiste, die Kiste wurde nie abgeholt. Ich ließ sie zunageln, sie steht noch in meinem Büro; als einer Ihrer Leute verlangte, daß ich sie öffne, weigerte ich mich. Sie gehört nicht mir; sie ist Eigentum meines Vorgängers, dessen Tod ich es verdanke, in jungen Jahren zum Inspektor der Abwässer ernannt worden zu sein.

In dieser Kiste liegen: ein privater Aschenbecher, wie ihn Firmen auf das Neujahr verschenken; ein rollbares Metermaß; ein Huthalter; eine Pfeife; Imhoffs »Taschenbuch der Stadtentwässerung«; Umrechnungstabellen für amerikanische und englische Maße; ein tschechisches Wörterbuch; eine Schachtel mit alten Briefmarken; Ansichtskarten und ein Apothekerrezept – Dinge, wie sie mit wenigen Änderungen zusammenkämen, würden meine privaten Gegenstände in meinem Büro verpackt; würde mir etwas zustoßen, fürchte ich, daß auch meine Kiste meinem Nachfolger Raum versperren würde.

Etwas allerdings findet sich in dieser Kiste, das ich nicht besitze: eine Photographie. Gehörte sie mir, ich hänge sie auf. Sand ist darauf zu sehen. Schaut man genauer hin, erkennt man unter dem Sand ein Rohr. Das Bild wurde im Nahen Orient aufgenommen; ich weiß nicht, ob in Jordanien, im Libanon oder weiter östlich. Aber da, wo dieses Rohr liegt, lag einmal eine Stadt, vor zweitausend Jahren. Die Wohnhäuser und Tempel wanderten mit dem Wind und dem Sand; geblieben ist einzig ein Rohr, oxydiert und treu. Es ist nicht zu entscheiden, ob es ein Rohr für die Frischwasserzufuhr oder eines für die Abwässer war. Die Zeit hat den Unterschied aufgehoben.

Meine Herren, aus dem, was ich Ihnen darlegte, sollte ersichtlich werden, daß in einer Gesellschaft, deren Abwässer einer kanalisiert, er sich ebenso verdächtig macht, wie er als Vertrauter auserwählt wird. Auf der einen Seite steigt ihm der Sicherheitsdienst in die Wohnung nach, um belastendes Material zu finden, und anderseits gewährt man einem eine Freiheit, die nur des Narren ist. Mein Name fiel immer wieder im Zusammenhang mit Frauen-affären. Bekannt war, bei welcher Familienwäsche meine Hemden mitgewaschen wurden; noch heute finde ich gelegentlich im Schrank Taschentücher mit einem Initial, das nicht auf meinen Namen paßt. Man erlaubte mir Verhältnisse, die man einem andern nie zugestanden hätte. Am meisten überraschte mich die Großzügigkeit der manchmal betroffenen Ehemänner. Aber ich merkte bald, ein Inspektor der Abwässer ist kein Scheidungsgrund.

Diese Verhältnisse datieren alle aus meiner Vorinspektoratszeit. Immerhin aus jenen Jahren, da ich bereits bei den Abwässern tätig war. Ich arbeitete zu jener Zeit im Außendienst und betreute die privaten Anschlüsse an das städtische Kanalisationsnetz. Diese Arbeit brachte mich in viele Häuser. Ich war dem Kreis zugeteilt, der fast das gesamte Residenzquartier umfaßt. So betrat ich Villen und Einfamilienhäuser, in die ich sonst nie gekommen wäre. Vor meinem Werkzeugkasten öffnete sich die Türe. Es war anfänglich gewöhnlich der Dienstboteneingang, der mir offenstand. Aber es waren jene Jahre, in denen das Hauspersonal immer seltener wurde, und immer mehr Dienstboten- und Lieferanteneingänge wurden verriegelt. Daher meldete ich mich beim Haupteingang, und ich betrat das Haus durch dieselbe Türe wie die Kinder und der Ehemann, der Geschäftsfreund und der Hausfreund; ich stand einmal mitten unter Gästen, nur daß ich nicht Blumen hielt, sondern einen Werkzeugkasten geschultert hatte, und daß ich mich sogleich in den Keller zur Wasseruhr begab.

Man war in diesen Häusern nett zu mir. Ich führte oft auch Reparaturen aus, die einem gelernten Klempner wohl anstanden, obgleich es nicht meine Aufgabe war, mich eines anderen Rohres als desjenigen anzunehmen, welches die Abwässer eines Privathauses in die städtische Kanalisation leitet. Man schenkte mir Bier ein und kochte einen Kaffee, und ich saß in der Küche, wenn die Abzugsrohre wieder in Ordnung waren. Da die Dienstmädchen gewöhnlich Ausländerinnen waren, sprachen wir nachdenklich über die Fremde, wir redeten davon, daß das Leben Arbeit sei, und wir verbesserten uns, daß man auch ins Kino gehen könne. Und als die Damen die Dienstmädchen ersetzten, da fanden die nachdenklichen Gespräche im Eßzimmer oder im Salon statt: Es sei nicht alles Gold. Dame und Dienstmädchen waren gerne bereit, auf dem Kundenzettel eine Stunde mehr Arbeit zu bestätigen, als ich tatsächlich an den Abzugsrohren zugebracht hatte.

Rein äußerlich war es nicht immer leicht, Dame und Dienstmädchen, Hausfrau und Haushälterin zu unterscheiden. Aber rein äußerlich machte auch ich nicht den Eindruck eines Arbeiters. Wir trugen enge Überkleider, die sich über die Körperteile spannten, so daß ich mit meinem abgewetzten Gesäßteil und den ausgebuchteten Kniepartien mich kaum von den feineren jungen Leuten unterschied; denn diese trugen ebenso anliegende Hosen und Jacken; ich trug zwar kein Hemd, um meine Hemden zu schonen; aber auch die, die keine Hemden zu schonen brauchten, zeigten sich im Unterhemd. Nahm ich den Dienstmädchen das Rüstmesser aus der Hand und las ich ihnen aus den Handlinien vor, daß sie nur auf einen Abwassermann warteten, was eine kitzlige Stelle auf der Handfläche verrate, oder griff ich der Dame an das Handgelenk und bestätigte ihr, es komme nicht auf den Glanz an, dann hätte ich ebensogut der junge Herr des Hauses sein können, von dem es hieß, er sei nur einmal jung. Einzig mein Werkzeugkasten störte.

Es stimmt, ich kehrte in die Häuser zurück, in denen ich den privaten Anschluß an das städtische Kanalisationsnetz kontrolliert hatte – aufgefordert und auch zur Überraschung. Der Außendienst erlaubte mir eine freiere Einteilung meiner Arbeitszeit. Ich meldete mich nur tagsüber, einzig die Essenszeiten mied ich. Und ich meldete mich nicht beim Haupteingang. Ließ mich das Dienstmädchen in das Haus, verstand es sich von selbst, daß ich durch den Dienstboteneingang kam. Empfing mich die Dame, dann schloß sie für meinen Besuch ein lang nicht mehr benutztes Schloß auf. Ich kam in viele Häuser im Residenzquartier – einzig als Abwassermann betrat ich die Häuser durch den Haupteingang, als Liebhaber öffnete man mir die Dienstbotentüre.

Eine solche Tätigkeit im Außendienst ist für das Inspektorat nicht unbedingt notwendig, doch von Vorteil. Immer wieder gibt es Streitereien, bei denen einem Abwasserinspektor die Kenntnisse privater Anschlüsse nützlich sind. Aber nicht deswegen möchte ich an dieser Stelle davon reden. Die Geschichten und Affären sickerten nur allmählich durch und wurden meiner Umgebung erst bekannt, als ich diese Verhältnisse aufgab. Die Besuche hörten auf, als ich zum Inspektor der Abwässer ernannt wurde – denn da zog ich mich vom Außendienst zurück.

Aber dieser Ruhm ergibt ein gutes Beispiel dafür, wie man in den Geruch von etwas kommt, nachdem man es längst hinter sich gelassen hat. Mein heutiger diesbezüglicher Ruf ist ein Irrtum. Aber hätte ich diesen Irrtum je richtigstellen sollen? Warum und vor wem? Im Gegenteil, ich glaube, eine Reihe von Irrtümern tut dem Bilde eines Abwasserinspektors nur gut. Falsche Vorstellungen über die eigne Person schaden nicht. Das heißt noch nicht, daß man wahllos sein soll, was die Irrtümer über seine Person betrifft. Doch gebe ich zu, es ist ein Schwächezeichen, sich an diese Irrtümer zu klammern.

Aber, meine Herren, Sie müssen bedenken, auch ein Inspektor der Abwässer ist Privatmann. Es wird meinem Nachfolger nichts nutzen, seine Arbeit in den Abend auszudehnen – einmal muß er sich nach Hause begeben. Sicherlich, er kann am Abend in Fachzeitschriften lesen, die von Städtehygiene handeln, um sich über den Tag hinaus mit seinen Kanälen zu befassen; und um ausländische Fachzeitschriften lesen zu können, mag er, wie ich, Sprachen lernen. Glücklicherweise gibt es jetzt Kurse auf Schallplatten; so mag er sich vor das Grammophon setzen und wiederholen, was ihm ein Sprecher mit gebildeter und korrekter Aussprache vorsagt. Auf diese Weise wiederholte ich zum Beispiel unter anderem, was man auf spanisch in der Arena bei einem Stierkampf ausruft; ich lernte an ein englisches Zimmermädchen Fragen stellen, wie sie sich in einem Boarding-Haus ergeben; ich betrachtete das

Panorama von Paris vom Eiffelturm aus; Rille um Rille in einem sich verengenden Kreise machte ich mein Sightseeing.

Aber man kann seine Abende nicht nur damit verbringen, sich weiterzubilden. Daher empfehle ich meinem Nachfolger das Legen von Patiencen. Er kann sich verschiedene Anleitungen anschaffen und alle darin angegebenen Tableaux mindestens einmal legen, wie ich es tat. Die Vorschläge gehen in die Hunderte. Bei einiger Kenntnis aber vermindern sich die Kartenbilder auf ein paar Dutzend, und diese Dutzende schaffen Abwechslung. Er kann sich sogar mit dem spielerischen Gedanken abgeben, ein eignes Tableau zu erfinden; denn warum sollte es nicht mit den hundertvier Karten eine eigne Spielmöglichkeit geben.

Ich für meinen Teil ging so weit, die Karten auch tagsüber bei mir zu tragen. Ich legte oft Patience, wenn es galt, eine Entscheidung zu treffen – nicht im Aberglauben, daß sich das Problem leichter löst, wenn die Patience aufgeht. Dies überraschte meine Arbeiter oft; und mein einstiger Stellvertreter beklagte sich sogar, wenn auf meinem Arbeitstisch nicht Pläne, sondern Karten lagen, holte man mich an eine Besprechung. Aber das Spiel schärft die Kombinationsgabe; es erzieht einen dazu, immer mehrere Möglichkeiten im Auge zu behalten und an deren Konsequenzen zu denken. Auch bevor ich mich an dieses Gutachten setzte, legte ich Patience. Auf dem Tisch nebenan liegt das Tableau »Die lustige Elf«, nicht fertig gespielt.

Ich schätze am As, daß es gleichzeitig die höchste und die tiefste Stelle einnimmt, Fundament und Krone ist. Die Könige halten ihr Zepter und hüllen sich in Hermelin;

aber sie sind verloren auf dem Tisch, wenn nicht eine Dame frei ist; und die Damen tragen Hüte aus Tüll, fächern sich zu und riechen an Blumensträußen. Aber auch die Damen bleiben liegen, wenn sie sich nicht an einen König oder an einen Buben anlehnen dürfen. Und die Buben, elegant, mit Dreispitz, schauen nach rechts oder links, ob sie nicht eine Dame finden, und geben sich am Ende zufrieden mit zehn Herzen oder zehn Karos, halten sich an zehn Pik oder tragen zehn schwarze Kreuz. König, Dame und Bube – sie machen das Figurenspiel aus – der Rest sind Farben und Nummern. Es sei denn, man bezieht den Jolly Joker ein, jenen Clown, der alle Stellen einnimmt, eine Narrenkappe trägt und eine Halbmaske hochhält. Ich frage mich, ob ein Jolly Joker auch Inspektor der Abwässer würde.

Ich rechnete es dem Gefängniswärter hoch an, daß er mir die Patiencekarten ließ. Sogar die Schnürsenkel mußte ich abgeben, und sie wurden auf jene Liste eingetragen, welche alle persönlichen Effekten aufführte und die ich unterzeichnete. Als ich die Karten aus meiner Tasche zog und sie neben meinen Bleistift und die Brieftasche legte, fragte der Wärter, was diese Karten bedeuteten, und ich sagte »Patience«. Er wollte sie zu den andern Dingen legen, aber er fand keine vorgedruckte Rubrik dafür, und dann zögerte er, meine Spielkarten unter »Allgemeines« aufzuführen, er setzte dazu an, kam aber nicht über den ersten Strich. Ich wiederholte »Patience«, da sah ich seine Finger verlegen über den Bleistift fahren. Er legte mir die Karten wieder hin. Hätte er gewußt, wie man »Patience« schreibt, er wäre weniger human gewesen.

Ja, ich empfehle dieses partnerlose Schach einem Abwassermann. Ich muß zwar lächeln, wenn ich an eine Bemerkung in einem Lehrbuch denke: »Das Edle des Spiels beruht darin, daß man kein Geld verliert.« Sie mögen vorwerfen, es sei ein altmodisches Spiel. Aber, meine Herren, was heißt altmodisch? Es ist ein gutes Spiel, um die Wartezeit zu verbringen. Mit Spannung mische ich die Karten; es bereitet mir Spaß, in meinen Händen eine Unordnung herzustellen, mich für ein Kartenbild zu entscheiden und in der ausgelegten Zufallsordnung Möglichkeiten zu entdecken, damit sich die alten Kartenfamilien in ihren gegebenen Hierarchien wiederfinden.

Bei meiner ganzen Empfehlung der »Patience« weiß ich natürlich, daß das Kartenspiel nicht jeden privaten Abend ausfüllt. Aber man gibt es rasch auf, einen Abend lang an einer Theke zu lehnen, sich nie an einen Tisch setzend, den Passanten hervorkehrend, das Gewicht verlagernd, nach vorn sich stützend, und nach hinten sich anlehnend, aus dem Standbein ein Spielbein machend und aus dem Spielbein ein Standbein, mit den Fingern auf das Glas trommelnd, die Flaschen auf den Regalen zählend und vom Kalender das Datum ablesend und auf seine Armbanduhr schauend – bis auch der Nebentrinker seinen harten Umriß verliert.

Ich verstehe das alles; ich tat es selbst. Damals war ich jung. Damals versuchte ich es auch mit den Spielsalons, in denen elektrische Billards aufgestellt waren, die in langen Reihen warteten, bis einer eine Münze in den Schlitz warf und die beiden Flipper betätigte, um bei elektrisch geladenen Bumpern und Federn Reaktionen auszulösen und zu unterstützen. Ich liebte die Metallkugel, die vom Rand aus den Bumper ansprang, ohne ihn anzuzünden, sich befreite und dann zwischen zwei Federn hin und her geworfen wurde und mit jedem Schlag die Summe höher trieb; diese Metallkugel, welche entfliehen wollte und wieder zurück-gejagt wurde aufs Feld, deretwegen auf der Rückwand der Billards Badenixen tauchten und Girls Cancan tanzten und Autos im Stadion rasten; diese Metallkugel, die über das Feld rollte, das sich jenem Loch zuneigte, das der Kugel Ruhe versprach; aber die Kugel hüpfte weiter, sie schlüpfte durch Gassen und wurde in Engen getrieben und trieb den Zähler in die Höhe; und die Zahlen leuchteten auf, mit zuckendem Spott und Geknatter; und die Kugel schoß an die Scheibe, und die Scheibe drehte sich, und die Kugel ließ sich dem Band entlangrollen; aber der Flipper rechts fing sie auf und warf sie dem Flipper links zu und ließ die Kugel in die Höhe schnellen; getroffen vom Schock, floh die Kugel und trieb auf ihrer Flucht die Bilanz ihrer Schläge bis zu jener Höhe, welche dem Spieler ein Freispiel sicherte.

Ich habe mir inzwischen angewöhnt, regelmäßig am Abend ein teures Restaurant aufzusuchen; ich benötigte ein teures Restaurant, weil die Kellner mir dort eine Me-nükarte reichten, auf der Speisen angeführt waren, hinter denen warnend die Zeit der Zubereitung und des Wartens angegeben war. Solche Speisen wählte ich, ich baute die Mahlzeiten aus, stellte mir bedächtig die Vorspeise zusam-men, drängte nie, wenn der Kellner nicht gleich mit dem Hors d'œuvre-Wagen vorfuhr. Wenn der Ober schon längst den Rechnungsblock bereithielt, ließ ich mir noch einmal Früchtekuchen zeigen, zögerte und entschloß mich endlich und nahm noch einen zweiten Kaffee. Meine Herren, der Mensch muß essen. Daher zog ich oft das sinnvolle Geschehen einer Mahlzeit über einen Abend hin und aß auch schon zweimal am Abend zu Nacht. Ich nahm dafür den harmlosen Ruf, ein Schlemmer zu sein, ohne weiteres in Kauf.

Ein vollgehäufter Teller, in den einer mit seinem Besteck langt, tröstet und hat etwas Zuversichtliches. Daher pflegte ich meine Arbeiter öfters zum Essen einzuladen. Als Vorgesetzter bietet sich immer ein Vorwand; man muß über Schleuderrohre reden oder eine Dükerleitung. Manchmal hatte ich ein schlechtes Gewissen, weil ich mir bei diesen Einladungen als Nutznießer vorkam. Die Arbeiter erschienen dann im Sonntagskleid, gewöhnlich mit Pochetten, die ihnen ihre Frauen gefaltet hatten, vergoldete Kugelschreiber eingesteckt, am Rockaufschlag die Abzeichen jener Vereine, bei denen sie Mitglied waren. An diesen Abenden redeten die Arbeiter von sich; gewohnt, zu arbeiten, schilderten sie nicht, sondern faßten Jahre in einem Satz zusammen. Da sagte einer: »Andere hatten Väter, und wir am Montag Wäsche.«

Während die Arbeiter aßen, stellte ich mir vor, wozu sich dieses Fleisch und die Kartoffeln und das Gemüse verwandeln werden, wenn diese Speisen abgebaut und zerlegt worden sind, wenn sie ins Blut eindringen und sich wieder zu neuen Stoffen zusammensetzen; ich fragte mich, welche Gesten es sein werden, die sich ihre Kraft von diesem Teller holen. Ich nahm dem Servierpersonal stets das Vorlegebesteck aus der Hand und schöpfte den

Abwasserarbeitern selbst die Teller voll – ich schürte einen menschlichen Verbrennungsofen, der Wärme und Schlacke erzeugt. Ich rate meinem Nachfolger an, diese Tradition aufrechtzuhalten.

Ganz ohne Menschen wird es schwierig gehen. Ich hatte das Glück, Orsino zu kennen. Ich weiß nicht, ob alles belegt ist, was Orsino von seiner Familie erzählte. Richtig ist, daß er aus einer alten Familie stammte. In seinem Zimmer lagen neben den Leihbüchern aus der Bibliothek der Gotha und das Brevier, der Adelskalender in Erinnerung an seine Familie und das Gebetbuch in Erinnerung an seine einstige Tätigkeit. Er war Nachkomme, wofür er die Vorfahren büßen ließ. Ein Seefahrer war einer der bezeugten Gründer der Familie; er soll dabei gewesen sein, als das erste Gold nach Europa kam, mit dem in einer Kirche die Decke ausgelegt wurde; aber Orsino fügte bei, der gleiche Seefahrer habe auch auf jenem Schiff gedient, welches die Syphilis nach Europa brachte. Einer seiner Großväter wies genügend adlige Vorfahren auf, so daß er zum Ritter des Malteser-Ordens geschlagen wurde; aber Orsino munkelte, zwischendurch habe man einen unehelichen Sohn einer Jüdin legitimiert. Er nannte die Summe, welche eine Großtante testamentarisch für heimatlose Katzen hinterließ; aber Orsino erwähnte die Einzelheit, daß die Großtante das Gärtnerehepaar entließ, weil die junge Frau schwanger ging. Ein anderer Großvater baute die ersten Eisenbahnlinien und starb an einem der ersten europäischen Autounfälle. Orsino hatte als Knabe Ferien auf einem Schloß verbracht, das ein Theater zu seinen Einrichtungen zählte; aber der Sohn, der mit einer Schauspielerin durchbrannte, wurde mit einer kleinen Abfindung ausgestoßen. Die Familie hatte an Eroberungen und Niederlagen teilgenommen, hatte Festungen gebaut und Festungen geschleift, war an Schlachten und bei Friedensschlüssen dabei gewesen, hatte Länder aufgeteilt und Ländereien verloren und verkauft. Offiziere und Diplomaten, Gouverneure und Geistliche hatte die Familie gestellt. Um die Verzweigung seiner Familie anschaulich zu machen, erwähnte Orsino die Tatsache, daß im Ersten Weltkrieg an jeder europäischen Front Familienmitglieder sich als feindliche Offiziere gegenüberstanden. Nur über einen Vorfall in der Familiengeschichte schwieg er, nämlich darüber, weswegen er selbst als junger, reicher und lebensneugieriger Mann sich entschlossen hatte, der Gesellschaft Jesu beizutreten, um dann am Ende als einzigen Freund einen Inspektor der Abwässer zu kennen.

Ich war ob dieser Bekanntschaft froh, denn sie machte mir einiges klar, was das Inspektorat der Abwässer betrifft. Er holte mich manchmal nach der Arbeit ab, und dann schlenderten wir gewöhnlich unten am Fluß. Dort war es auch, wo sich einmal ein Mann hinter uns nach unseren weggeworfenen Stummeln bückte. Wir hatten uns gleichzeitig umgedreht. Da wollte ich dem Unbekannten mein angebrochenes Paket Zigaretten geben, doch Orsino wehrte ab. Er warf seine eben angesteckte Zigarette zu Boden, würgte sie mit dem Fuß auf dem Pflaster aus und forderte mich auf, das gleiche zu tun. Dann zog Orsino aus seiner Tasche sein Etui, entnahm ihm eine Zigarette, klopfte mit der Handfläche die Tasche seiner Jacke und Hose ab, suchte Streichhölzer, die er eben noch gehabt hatte, trat auf den Mann zu und bat um Feuer. Der Mann klaubte eine Schachtel aus der Hosentasche, umständlich, da er in der Handhöhle unseren Stummel verbarg. Ehe der Mann das Streichholz anriß, ließ Orsino sein Etui aufspringen und offerierte als Gegengabe für das Feuer eine Zigarette. Der Mann nahm sie stammelnd an, steckte sie hinter das Ohr und hielt Orsino das Steichholz hin. Orsino zog den Hut, bedankte sich bei dem Manne, der sich nach unseren Stummeln gebückt hatte.

Bei dieser Begebenheit wurde mir klar, was einem Abwassermann versagt ist. Orsino kommentierte sein Verhalten: Man müsse den, dem man gibt, zum Schenkenden machen. Jeder Inspektor der Abwässer wird für einen Augenblick einen Mann beneiden, der die Fähigkeit hat, den andern zu erhöhen. Und ich könnte mir denken, daß sich ein Abwassermann zu einer ähnlichen Geste verleiten ließe. Aber diese Geste muß er sich versagen. Die Kanäle sind da, um alles aufzunehmen, und sie sind schwarz bemalt, um nie zu erröten. Einem Inspektor der Abwässer ist eine andere Geste vergönnt: er darf dem andern auf die Schulter klopfen. Und wenn diese Geste reden könnte, würde sie sagen: »Ich kenne den Dreck. Zier dich nicht. Nimm das ganze Paket Zigaretten.«

Es wunderte mich, daß Orsino sich mit einem Inspektor der Abwässer abgab. Er hatte bereits eine Karriere durchlaufen und auch aufgegeben. Seine schwarzen Kleider erinnerten daran, daß er noch Spanier und einmal Jesuit gewesen war. Sie wissen vielleicht, meine Herren, er war in Rom in eine würdige Stellung in der congregatio rituum aufgestiegen. Er amtete, wiewohl nur ein einziges Mal, als Advokat des Teufels. Er nahm seine Aufgabe ernst; er verteidigte den Teufel nicht nur von Amtes wegen. Als der Prozeß der Heiligsprechung eröffnet wurde, führte er mit erstaunlicher Kenntnis Dinge an gegen die Person, die heilig gesprochen werden sollte, daß das Kollegium überrascht aufsah. Orsino hatte Dinge entdeckt, die auch bei der vierzig Jahre zurückliegenden Seligsprechung nicht zur Sprache gekommen waren. Orsino unternahm alles, um nachzuweisen, daß der Kandidat keine heroischen Tugenden besessen habe, die, wie notwendig, die Anforderungen der Natur überschritten und den höchsten Grad der Vollkommenheit erreicht hätten. Doch Orsino verlor; es gewannen gegen ihn die Postulatoren, die einen Heiligen forderten. Bei der Kanonisation reifte sein Entschluß, abtrünnig zu werden. Er faßte ihn während der Messe beim Offertorium: als Wachskerzen geopfert wurden, als in einem goldenen Bauer zwei Turteltauben, als zwei Brote, das eine versilbert und das andere vergoldet, als zwei Turteltauben in einem silbernen Bauer und zwei Fäßchen Wein, das eine aus Silber und das andere aus Gold, als verschiedenartige Vögel in einem buntbemalten Käfig – als diese symbolischen Weihegeschenke dargebracht wurden, da habe er erkannt, daß seine Mission gescheitert sei. Er ließ das Amt eines Advokaten des Teufels, da er einen Heiligen nicht verhindert hatte.

Einmal auf dem Balkon seiner Wohnung sprach er von seinem Entschluß, er sprach in den Nachtdunst hinaus, als wollte er sich mit den Sternen unterhalten und mich als Vorwand benutzen, um laut reden zu dürfen. Er verachtete unsere Zeit, die für alle menschlichen Taten eine entschuldigende Erklärung findet: die den Mörder versteht, weil er im Affekt handelt; in der sich viele nicht schämen, Unsummen für ein Zeugnis auszugeben, das ihnen eine gelegentliche Trübung des Bewußtseins bestätigt; in der man einen Ehebruch mit Kindheitserlebnissen schmackhaft macht. Orsino haßte unsere Zeit; er war ein Verächter der Umstände und der Milderungsgründe. Wenn man einen Gauner heiligspräche, dann gelte es, besser gleich die Partei des Teufels zu ergreifen.

Und an einem Abend erschrak ich. Es war wiederum unten am Fluß; nur war es diesmal spät, und wir waren ein Stück weiter gegangen als üblich und kamen zu einer Parkanlage, in der unter einem Lindenbaum ein Pissoir stand, geschützt von Taxushecken, welche die Stadtgärtner auf Forderung der Sittenpolizei bis zur Kniehöhe beschnitten hatten. Als wir uns näherten, verstummten zwei Gestalten in tuschelndem Gekicher. Menschliche Umrisse wagten sich in das Halbdunkel einer abseitigen Straßenlaterne. Da blieb Orsino stehen, ging auf einen Schatten zu und kam mit einem Bürschchen aus dem Dunkel. Dieses trug ein farbenes Halstuch, seitlich geknotet; die Hände hatte es zur Hälfte in die Taschen gesteckt, die Ellenbogen nach außen gewinkelt, den Rücken nach vorne gebeugt; schräg von unten blickte es auf. Das Bürschchen musterte uns; der Zweifel saß im Mundwinkel, und die Mundwinkel fielen zu einem Lächeln herunter; die Nieten an seiner Farmerhose glänzten auf. Mit den Achseln gab es sich einen Ruck; lässig schlürfte es hinter uns her, folgte uns über die Straße und stellte sich neben Orsino. Wir stützten uns auf die Ufermauer und schauten zur Stadt hinüber. Da fragte Orsino, ohne aufzublicken: »Du verkaufst dich?« Das Bürschchen grinste, zog die Hände aus den Taschen, zeigte zwei leere Handteller, die Fingernägel trugen Trauer. »Du verkaufst dich falsch!« entrüstete sich Orsino und begann zu predigen:

»Warum dich im Dunkeln verkaufen? Schau hinüber zur Stadt. Das Geschäft mit deiner Jugend ist auf Jahre beschränkt. Und dann? Verkaufe dich im Licht. Was du bisher gelernt, wird dir von Nutzen sein. Verzweifle nicht. Dein Gewerbe war die beste Gewerbeschule, die du jemals hättest durchlaufen können. Nicht erwischt zu werden, das gilt auch am andern Ufer. Du lerntest, wie man die Hand in die Tasche eines anderen gleiten läßt, wohlan, wohlauf! Aber sei nicht unzüchtig dabei; zieh den andern bis aufs Hemd aus, aber verkaufe das Hemd. Und erwartet einer von dir, daß du ihm die Zunge leihst, tue es! Bevor du singst, taste den andern ab, jedoch so, daß er sich nicht erregt; und wenn keiner gereizt ist, dann stelle deinen Mann und sei hart. Auch dort wird am Ende gestammelt und geschwiegen. Nichts wird sich ändern. Du wirst am Ende in aller Leute Mund sein wie einst. Und sollte es dir schwerfallen, Speckschwarten zu streicheln und Staub von den Füßen zu küssen – mache es wie bisher: drücke beide Augen zu. Bleib Ohrenbläser und Speichellecker. Baue den Liebesdienst an der Gemeinschaft aus. Laß dir unter die Arme greifen und laß dich auf die Beine stellen. Auch dort liebt man nicht von Angesicht zu Angesicht, und viele grüßen sich nicht, die einst unter einer Decke steckten. Schau hinüber – dort braucht man Männer, die sich anbieten. Verkaufe das richtige Organ: halte deinen Kopf feil. Auf daß du ein nützliches Glied der Gesellschaft werdest.«

Orsino hatte die Arme ausgebreitet, als segne er die zuckenden Lichtreklamen des anderen Ufers. Ich weiß nicht, ob er im Rauschen des Flusses hörte, wie zu unseren Füßen ein Abzugskanal ohne Umweg über das Klärwerk in unser städtisches Gewässer mündet. Das Bürschchen begann wieder zu kauen. Da herrschte ihn Orsino an: »Hast du nicht gehört?« Das Bürschchen fuhr zusammen. Dann platzte in seinem Gesicht ein Lachen und warf die Mienen durcheinander. Orsino stand betroffen da. Ein Stück Holz trieb im Fluß, und eine Ente schlug mit ihren Flügeln das Wasser.

Der Uferpredigt Orsinos konnte ich nur mit einem Erlebnisbericht beikommen, es handelt sich um einen Vorfall, der längst verjährt ist. Nicht unweit von der Mauer, die Orsino zu seiner Kanzel wählte, hatte ich einmal nachts ein Mädchen getroffen. Sie lehnte am Brük-kengeländer, und als ich sie betrachtete, lächelte sie, so daß ich erschrak; ich beschleunigte meine Schritte, sah zurück und sah, wie das Mädchen mir folgte. Ich wartete im Schatten eines Baumes; und bevor ich mich entschlossen hatte, wie ich am besten das Gespräch eröffne, fragte sie mich, ob man zu mir gehen könne. Ich nickte verwirrt. Das Mädchen trug ein Samtbändel in der Hand, das sie aus den Haaren gelöst hatte, die nun auf ihren Nacken fielen. Ich schaute mich nach einem Taxi um, stoppte das nächste, flüsterte dem Mädchen zu, es solle im Wagen weder etwas sagen noch fragen. Das Mädchen drehte an der Fensterkurbel, und ich spielte mit dem Aschenbecher, dessen Deckel ich schnappen ließ. Ich bat den Chauffeur, einige Häuser vor meiner Adresse anzuhalten. Ich lieh dem Mädchen meinen Regenmantel; sie hängte ihn um ihre Schultern, so daß die Ärmel tot herunterbaumelten. Nur ein Fenster war noch hell in dem Haus. Wir huschten durch den Vorgarten; als ich die Wohnungstüre aufschloß, stellte ich mich vor das Namenschild. Sie hängte meinen Mantel in der Garderobe auf. Ich fragte sie, ob sie etwas trinke, doch sie verneinte, sie bat mich, ruhig etwas zu nehmen, sie habe Zeit. Dann suchte sie das Badezimmer. Als ich mir das zweite Glas vollgeschenkt hatte, kam sie heraus; sie trug ihren dunkelblauen Pullover über dem Arm, und zwischen den Zähnen biß sie eine Haarnadel fest. Da schrie ich sie an, sie solle sich wieder anziehen, und als sie in ihren Pullover schlüpfte, half ich ihr. Ich ließ die eine Hand auf ihrer Schulter ruhen und zog sie mit der andern an mich, ich ließ nicht von ihr und drängte sie, so daß wir ins Schlafzimmer stolperten, wo ich, um ein Wäschestück nackter, das Mädchen als Frau brauchte. Ich fragte sie sogleich nachher, wo sie wohne; sie nannte eine Straße, die ich nicht kannte, doch wußte ich, wo das Quartier lag. Ich bat sie, sich herzurichten, ich werde sie begleiten. Da ich keinen Kamm besaß, stellte sie sich vor mich hin, fuhr mit gespreizten Fingern durch mein Haar, hielt ihr Samtbändel hin, damit ich es ihr um den Kopf binde; doch sagte ich, das offene Haar stände ihr viel besser, sie solle jetzt kommen. Unterwegs forderte sie mich einige Male auf, doch umzukehren; ich gab erst nach, als sie auf ein Haus zeigte und »dort« sagte. Ich wollte sie möglichst weit weg von mir zu Hause wissen.

Jahre später traf ich sie wieder. Ich stieg aus der Straßenbahn, auf die sie wartete. Sie erkannte mich und grüßte und ließ einige Tramzüge vorbeifahren. Wir erkundigten uns gegenseitig, wie es gehe. Sie trug die Haare kurz geschnitten. Zum ersten Male sah ich ihr mit geöffneten Augen ins Gesicht und bewunderte die künstlichen Augenschatten. »Du staunst«, lachte sie und spielte mit einer länglichen Handtasche. »Jetzt brauche ich mich nicht mehr zu verstecken«, und sie gestand mir: »Damals, als ich bei dir zu Besuch war, war ich aus einer Anstalt ausgerissen, darum bin ich doch gleich mitgekommen. Keine Angst. Jetzt bin ich entlassen. Ich trieb mich damals über eine Woche umher, bis sie mich aufgriffen. Wozu hätte ich mich wehren sollen! Ich ließ alle hochgehen. Das waren Verhöre! Als die wegen Verführung einer Minderjährigen antraben mußten. Verführung – auf dem Gericht nennen sie das so, ich wurde zuerst wütend, weil er mich auf dem Gericht für unschuldig hielt. Sicher kamen die herein, bei denen ich war; sie kannten doch meinen Namen nicht; aber als sie mich erblickten, da leugneten nur noch die ganz Dummen; die andern begannen gleich mit Moralplausch. Verlassenes Mädchen, kalte Herbstnacht, väterliche Anteilnahme, ein Aussehen, das kein Kind mehr vermuten ließ, und was sie sonst noch wußten. Zentimeterweise mußte man sie überführen. Das ist so. Die hatten eine schweinische Freude am Detail. Wegen des Gesetzbuches, verstehst du. Na ja, wir haben in der Anstalt auch nicht nur über Backpulver gesprochen. Wegen Verführung einer Minderjährigen wurden sie bestraft, aber sie büßten für etwas anderes. Nur dich, dich habe ich geschont. Du warst anständig zu mir. Du hast dich nachher nicht nur angezogen, sondern bist sogar noch ein Stück Weg mit mir gegangen. Die andern begleiteten mich meistens nicht einmal bis zur Haustüre – drückten mir den Schlüsselbund in die Hand und sagten, bring ihn zurück, wenn du unten aufgeschlossen hast. Es tut mir leid, daß ich dich damals durch die halbe Stadt gelotst habe, aber ich dachte, einmal kehrst du um. Ich wohnte nicht dort, wohin du mich nach Hause gebracht hast.«

Diese Geschichte erzählte ich Orsino. Ich war mies und feige gewesen, niederträchtig und gemein. Aber meine Gemeinheit hatte in einem anderen Menschen das Gefühl der Würde geweckt. So ohnmächtig ist man, was die Folgen der eignen Schlechtigkeit betrifft. Ja, ich wunderte mich, daß Orsino nicht nur meine Bekanntschaft gesucht hatte, sondern sie auch aufrechterhielt. Was sollte er mit mir, der sich Sorgen macht, wie er Schwebestoffe in den Abwässern aufflockt, und der Durchflußzeiten berechnet? Doch Orsino beruhigte mich: gerade den Fachmann wähle er sich zum Freund. Mit ihm sei ein Gespräch möglich, wie man es sonst in gleicher Sachlichkeit nie führe; selbst dann, wenn man vom Fach des andern nichts verstehe. Er bestand darauf, daß ich ihm erklärte, was für ein Lüftungsbecken wir benutzen, und er wollte darüber hinaus den Unterschied zwischen dem Bolton-Kreisel und dem Kessener-Becken verstehen. Er meinte, Fachkenntnisse seien eine der wenigen Möglichkeiten, heute noch ehrlich zu sein. Und er hatte nicht unrecht. Was immer mein einstiger Stellvertreter gegen mich vorbringen mag; er wird nichts daran ändern, daß das Abwasser der neuen

Regierung genau wie das Abwasser der gestürzten zur Reinigung Sauerstoff braucht; kommt keine Luft dazu, dann geht das Abwasser in Gärung über, zuerst in eine saure und dann in eine Methangärung – darauf hat politische Gesinnung keinen Einfluß. Bedenken Sie, meine Herren – aber das wird mein Nachfolger wohl selber wissen –, das klassische Buch der Stadtentwässerung, Imhoffs Handbuch, liegt in einer westdeutschen und einer ostdeutschen Ausgabe vor; Papierqualität und Einband und Format unterscheiden sich; aber in beiden Ausgaben sind genau die gleichen Zahlen angegeben für das Gefälle, das notwendig ist, damit das Abwasser geruchlos abfließt.

Orsinos Interesse für die Abwässer war so auffallend, daß ich ihm einmal im Scherz vorschlug, falls sein Vermögen ihm eines Tages kein Auskommen sichere, solle er zu uns übertreten. Aber ebenso scherzend lehnte er ab. Wir seien ihm zu demokratisch – ob Pfarrer oder Handlanger, ob Freimaurer oder Dachdecker, ob Ingenieur oder Richter, ob Häftling oder Mannequin, ob Hausfrau oder Nonne, für die Kanalisation stellten sie alle das gleiche Problem; er aber sei Aristokrat und lasse sich nicht durch einen Blick von unten gleichmachen. Es stimmt, meine Herren, es gibt keine demokratischere Schule der Bescheidung als einen Gang durch das Entwässerungsnetz und von den Rohren und von den Kanälen aus unsere Stadt, ihre Gebäude und Plätze, ihr Residenz- und ihr Arbeiterquartier zu bestimmen. Doch fürchten Sie nichts, meine Herren, obwohl im Entwässerungsnetz die höchste Form der Gleichheit erreicht wird, sind die Abwässer keine politische Idee. Wir Abwassermänner bilden keine Partei.

Ich nehme aber an, daß Orsino zu jenen gehörte, die in einem Abwassermann irgendein Geheimnis vermuten; die meinen, unsere Kanäle ständen mit einer anderen Welt in Verbindung; man könne aus dem Entwässerungsnetz noch tiefer steigen – was subterran ist, hat seinen Nimbus, als ob die Tätigkeit im Unterirdischen nicht auch ihre Banalitäten hätte. So gleichgültig es einem Inspektor der Abwässer sein mag, welches Geheimnis die andern um seine Kanäle machen, er sollte von Zeit zu Zeit, wenn sich Gelegenheit bietet, auf das Alltäglich-Gewöhnliche seiner Arbeit hinweisen, obwohl ich weiß, daß die Leute von einem Abwassermann, der regelmäßig durch einen Einstieg in die Unterstadt taucht, etwas anderes erwarten.

Nehmen Sie meinen Fall, meine Herren. Was hat man nicht für Vermutungen angestellt über das, was ich in den Tagen nach meiner Entlassung bis zu meiner vorläufigen Amtsübernahme alles unternommen habe. Man war fest überzeugt, ich sei in die Kanäle zurückgekehrt; ich hätte irgendwo eine Stelle, wo ich mich versteckt halten könne, eine Stelle, die niemand kenne, die auch bei hohem Abwasser trocken bleibe, eine Stelle, wo die Luftzufuhr gesichert ist, wo sogar Eßvorräte, wasserdicht verpackt, aufbewahrt würden. Meine Herren – es ist sogar richtig, daß ich solche Stellen im Entwässerungsnetz kenne, Stellen, an denen man gefahrlos einige Tage verbringen kann, bis an der Oberfläche wieder eine Ordnung hergestellt ist, der man nur noch gesetzmäßig zum Opfer fallen kann – ja, die Abzugskanäle im städtischen Entwässerungsnetz sind Katakomben einer technischen Zeit. Natürlich hätte ich mich dahin zurückziehen können, zumal die Kanäle für mich auch in gefahrloser Zeit eine Zufluchtstätte darstellen – aber ich war nicht unten, obwohl niemand die begehbaren und bekriechbaren Kanäle so gut kennt wie ich.

Ich war am Samstagabend bei meiner Schwester und bei meinem Schwager; und da meine Schwester vor kurzem Mutter wurde, war meine Mutter als Großmutter bei ihr. Ich ging nicht gerne hin, ich zögerte wegen meiner Verletzung im Gesicht. Ich hätte gerne meinen Besuch abgesagt; aber alle Telephonverbindungen waren unterbrochen. Also bereitete ich meinen Verwandten die Sorge um mein verletztes Gesicht, um sie nicht der Sorge wegen meines Nichterscheinens auszusetzen.

Über einen halben Tag brauchte ich, um zu ihr zu kommen, obwohl meine Schwester nur einige Kilometer außerhalb der Stadt wohnt. Sie hatten den verständlichen Ehrgeiz, daß nach dem Umsturz der Fahrplan eingehalten werde. Aber einige Linien und manche Kurse fielen dennoch aus. Es verkehrten tatsächlich einige Überland-Autobusse, wiewohl es nicht leicht war, bis an die Stadtgrenze zu kommen. Ein Stück Weg, durch das Innere der Stadt, ging ich zu Fuß, und mein Umweg führte mich an der Kathedrale vorbei, die kaum gelitten hat und die sicherlich nach der Normalisierung der Lage und der Wiederaufnahme des Tourismus auf Prospekten bei Fremden für unsere Stadt von neuem werben wird. Unbeschädigt war die Front; über dem Portalbogen verflochten sich die Ornamente ohne Lücke; das Maßwerk hatte standgehalten. Einzig die rechte Seite unserer Kathedrale wies Beschädigungen auf, da sie gegenüber dem Rathaus liegt; Kriechblumen waren auf das Pflaster gefallen und Krabben in den Rinnstein gestürzt. Dort sah ich einen Wasserspeier: das Gesicht lachte bis zu den Ohren, aber die Ohren waren die eines Esels, und über den Eselsohren wuchsen zwei gerippte Hörner, und das Haar war ein Busch vierblättrigen Klees; die Zunge hing aus dem Mund, zu dem die verdrehten Augen niederglotzten; doch aus dem Mund floß kein Wasser, sondern rieselte feinkörniger roter Sand.

Ich hatte an der Stadtgrenze zu warten. So stieg ich über einige Kellerstufen in ein Restaurant hinunter. Trotz Mittag brannten Kerzen; der elektrische Strom war gesperrt. Männer beugten sich über Tische und flüsterten und tuschelten. Als ich mich an den runden Eichentisch setzte, sah ich, daß der Mann neben mir ein Album vor sich auf dem Tisch liegen hatte: ein Einsteckalbum für Briefmarken. Ehe ich meine Bestellung aufgab, fischte er mit der Pinzette eine Briefmarke aus einer Zellophantüte, hielt mir die Pinzette hin und reichte mir gleichzeitig eine Lupe und deutete auf den aufgeschlagenen Katalog und nannte einen Preis. Die Briefmarke war ein Kopfsteher, einer der berühmten Fehldrucke unserer gestürzten Regierung. Da ich nicht reagierte, drehte der Mann die Briefmarke um und zeigte auf der Rückseite den im Papier erkennbaren Seidenfaden. Ich schüttelte den Kopf. Der Mann legte die Briefmarke in die Zellophantüte zurück und schlug in seinem Album eine andere Doppelseite auf, und da sah ich Briefmarken, welche ich bisher nicht kannte, obwohl es Briefmarken waren, welche die gestürzte Regierung in den letzten Jahren herausgegeben hatte. Da waren Postwertzeichen für das Kind und die Tuberkulosenhilfe; da war ein Viererblock berühmter Zeitgenossen; Gedenkmarken für den Jahrestag und den Tag des 22. Dezembers; da war ein Stauwerk zu sehen und ein Propeller; postgeschichtliche Motive und Gedenkmarken mit Aufdruck, ein Turner in einem quadratischen Rhombus und ein Käfer in einem Dreieck, eine Arbeiterserie und eine Serie historischer Denkmäler – alle diese Briefmarken waren abgestempelt. Einzig der Fehldruck war nicht benutzt worden und wies eine tadellose Sägezähnung auf. Ich war in eine Briefmarkenbörse geraten. Die Wertzeichen der gestürzten Regierung hatten durch den Umsturz einen höheren Sammlerwert erhalten.

Was ich befürchtete, trat ein. Es ist möglich, daß meine Mutter dem Milchhändler erzählte, Ihre Leute hätten mich niedergeschlagen, und Sie wissen, meine Herren, Milchhändler fühlen sich verpflichtet, ihrer Kundschaft mit der Milch Neuigkeiten auszuschöpfen. Meine Mutter dachte nicht an den Umsturz, sie sah lediglich die geplatzte Lippe; ich mußte meinen Mantel ausziehen; Mütter sind egoistisch, sie denken nur an ihre Kinder. Sie holte sogleich den »Praktischen Hausarzt«; in ihrer Verwirrung blätterte sie darin und suchte unter »Umsturz«. Doch fand sie nur einen Abschnitt über »Umläufe« und »Umschläge«, über »Übelkeiten« und »Unterleibskrämpfe«. Da meine Wange geschwollen war, bereitete sie einen Umschlag. Sie suchte in der Küche, wie es das Rezept verlangte, nach Rosmarin und Kamillen und holte aus einem Wandschränkchen Rainfarnkraut und Hopfen; einzig Quendel hatten wir nicht; wir wußten nicht einmal, was dies für eine Heilpflanze ist.

Diesen »Praktischen Hausarzt« packte meine Mutter in eine Zeitung ein und gab ihn mir mit für den nächsten Notfall – wie sollte ich dieser Frau das Geschenk verweigern. Sie liest immer noch jeden Tag den »Offiziellen Anzeiger«. Unter den amtlichen Mitteilungen schaute sie die Geburts- und Todesanzeigen durch und schaute nach, was für Ehen ausgeschrieben und welche geschlossen worden waren; dann ging sie sogleich zum Inseratenteil über; denn meine Mutter suchte jeden Morgen die günstige Gelegenheit. Sie stellte fest, daß Fahrten ins Blaue billiger geworden sind, und bedauerte, kein Geld zu haben, da ein Delikatessengeschäft einen Großimport von Geflügel ankündigte; sie überlegte, ob es vielleicht nicht besser gewesen wäre, wenn ich statt Klempner Maschinenzeichner gelernt hätte, so verlockend waren die Stellenangebote; sie schwärmte von einem Restposten Teppiche und der einmaligen Gelegenheit, Plattenwärmer zu kaufen, von Wolldecken zu nie dagewesenen Preisen und Anschaffungen, die sich lohnen, von einer Quelle für Polstermöbel und dem einmaligen Angebot von Tischdecken, vom preiswerten Peter und vom billigen Jakob. Vor allem las sie die angekündigten Versteigerungen genau, die freiwilligen und die zwangsrechtlichen, mit Vorliebe die zwangsrechtlichen, weil bei denen die Gegenstände losgeschlagen werden mußten – meine Mutter suchte die Okkasion; ihr Sohn wurde Inspektor der Abwässer.

Bei meiner Schwester hatte ich auch die Nachrichten gehört, welche die Marschmusik immer schon nach einigen Takten unterbrachen. Aber meine Schwester ist Mutter eines vier Monate alten Jungen, und der schrie, als der

Radiosprecher verkündete, daß die Ludwigs-Garnison übergetreten, und er schrie, als durchgegeben wurde, daß der Widerstand im Südabschnitt zusammengebrochen sei. Der junge Vater hielt seinem Buben dessen Fuß als Spielzeug hin, aber das Kind beruhigte sich nicht, und doch wollten wir hören, ob das Elektrizitätswerk besetzt oder wieder in Betrieb genommen wurde. Aber das kümmerte den Jungen nicht, obwohl die Großmutter in der Küche die Kuhmilch verdünnte und Schleim beigab und auf dem Handrücken prüfte, ob das Getränk nicht zu heiß sei. Der Junge verzerrte das Gesicht, obgleich ihn der Vater aus dem Stubenwagen nahm und ich den Schnuller vom Boden auflas, der Junge brüllte, und so vernahmen wir nicht die Zeitangabe für das Ausgehverbot, und es war unmöglich zu verstehen, wer und in welche Abschnitte der Kanalisation und wie viele eingestiegen sind. Ich half den Jungen wiegen, aber er krähte auch, wenn Marschmusik gespielt wurde – er brüllte in jede Solidaritätskundgebung hinein und störte mit seinem Geschrei jeden Aufruf. Er gab erst Ruhe, als wir das Radio abdrehten. Da schlief er ein, ohne den Schnuller zu nehmen und ohne einen Tropfen aus dem Schoppen getrunken zu haben. Er schlief, wie ein gesundes Kind von vier Monaten schläft, die Ärmchen oben und die Hände zu Fäusten geballt.

Es hört sich sicherlich enttäuschend an, wie ich als Inspektor der Abwässer die Tage nach dem Umsturz verbrachte. Aber meine Lippen waren durch die feuchten Umschläge nicht besser geworden und die Geschwulst nicht zurückgegangen. Wegen des Ausgehverbotes mußte ich noch samstagabend nach Hause. Eine Patrouille hielt mich an; ihnen fiel der in Zeitungspapier gewickelte »Praktische Hausarzt« auf. Doch konnte ich meinen neuen Ausweis zeigen, auf dem das Wort »Freiheit« nicht mehr in Grotesk-, sondern in Antiqua-Schrift gedruckt ist; sie mißtrauten zwar diesem Ausweis; aber als ich ihnen noch meinen Entlassungsschein aus dem Gefängnis zeigte, da salutierten sie und halfen mir den »Praktischen Hausarzt« wieder in das Zeitungspapier einzuwickeln. Ja, dann verbrachte ich den Sonntag bei mir zu Hause und legte Patience. Ich legte die kleine Bismarck-Patience, für die man nur ein Spiel benötigt, eine interessante, viel Überlegung fordernde Patience; schon der anfängliche Entschluß, ob man aufwärts oder abwärts legen will, kann für den Verlauf entscheidend sein. Erst gegen Abend verließ ich das Haus, weil ich Hunger hatte. Ich hatte Glück; denn im Quartier war ein Restaurant geöffnet, das Teigwaren servierte. In dem Restaurant war ein Fernsehapparat so in der Ecke angebracht, daß man von jedem Eßtisch aus die Sendungen verfolgen konnte. Es versteht sich, daß an diesem Abend als Programm die Siegesfeier ausgestrahlt wurde. Das Feuerwerk beeindruckte mich: Sonnen brannten ab, Vulkane erbrachen sich, Raketen fielen aus dem Himmel, und Sterne verpufften, farbig zuckten die Blitze, und das Wort »Freiheit« leuchtete auf, von Leuchtkugeln an den nächtlichen Himmel geschrieben, bis es tropfenweise erlosch; für einen Moment hatte es die Augen blind gemacht für die natürlichen Gestirne.

Abwässermänner sind meiner Meinung nach nicht für historische Augenblicke geschaffen. Das möchte ich Ihnen zu bedenken geben, wenn Sie tatsächlich daran gehen sollten, das Inspektorat der Abwässer neu zu besetzen – wählen Sie nicht jemand, der sich bei historischen Augenblicken bewährt hat. Sie sollten jemanden bestimmen, der Arbeit auf lange Sicht liebt, nicht jemand, der die zweite Strophe des Revolutionsliedes auswendig kann, sondern jemand, dem es darum geht, daß die Kläranlage möglichst unfallfrei arbeitet.

Und das könnte jemand sein wie ich, der am Montag nicht auf dem Rathausplatz stand. Ihr Mann hatte bei mir noch nicht vorgesprochen, ich war entlassen, aber ich wußte noch nicht, ob ich weiter verwendet werden sollte, mit Bedenken vernahm ich, daß viele in den Kanälen umgekommen sind, und mit Schrecken sah ich zu, wie das Unwetter am Himmel hochzog – an diesem letzten Montagvormittag besuchte ich Magda im Spital. Sie lag nicht dort wegen des Umsturzes, sondern sie war wegen ihrer Unterleibsgeschichte schon zum drittenmal eingeliefert – eine Frau, zu der ich mit dem ganzen Herzen eines Inspektors der Abwässer stehe.

Zufällig lernte ich sie kennen. Ich wartete an einem Postschalter. Vor mir stand eine Frau, deren Hutfeder mich belästigte. Sie gab einen Eilbrief auf; als ich an der Reihe war, drängt sie sich noch einmal an den Schalter und verlangte den eben aufgegebenen Brief zurück; sie habe etwas Wichtiges vergessen. Als der Beamte ihren Brief aus einem Körbchen suchte und ihn ihr gab, zerriß sie ihn und warf die Fetzen in den Papierkorb. Als ich das Postgebäude verließ, sah ich sie in einer Telephonkabine, sie stützte sich auf den Automaten. Als sie mich bemerkte, nahm sie den Hörer von der Gabel, stellte auf der Wählscheibe die Nummer zusammen, lehnte sich an die Kabinenwand und schaute zur Decke. Sie nickte leicht mit dem Kopf, hob einen Fuß und prüfte den Absatz, nickte heftiger und schob die Muschel näher zum Mund, blieb unbeweglich, legte die linke Handfläche gegen die Glastüre und trommelte mit den Fingern darauf, warf den Kopf zurück, griff mit der Linken in die Luft, so daß ihre Tasche in die Ellenbogenkehle rutschte, neigte den Kopf, schloß die Augen, verharrte einen Moment in dieser Stellung, hielt den Hörer in die Höhe und führte ihn in einem Bogen ans andere Ohr, nickte kurz, ihre rechte Hand war schlaff. Da hängte sie den Hörer auf, nahm ihre Handschuhe vom Automaten; in dem Augenblick bemerkte sie, daß die Kabinentür offen stand. Sie hatte stumm, nur mit Gesten telephoniert und erblickte nun mich und ahnte nicht, daß ich die Abwässer inspiziere.

Sie nahm meine Einladung zu einer Tasse Kaffee an, und bevor die Tassen auf dem Tisch waren, gestand sie mir: ihr letzter Liebhaber habe ihr heute morgen gekündigt, telephonisch, da habe sie ihm eilbrieflich antworten wollen. Das Telephongespräch sei ein Schock gewesen. Er teilte ihr mit, er überweise zum letzten Male die Miete, da habe sie nicht nur gedacht, sondern es auch ausgesprochen, sie sei eben nicht mehr jung, obwohl sie es figürlich mit mancher aufnehme, aber das Gesicht, das pflege man nicht vom Alter herunter, und sie habe ihrem Liebhaber gesagt, sie verstehe es, sie sei eben alt. Aber er habe sie beschwichtigt, ihre Nachfolgerin sei noch einige Monate älter; da habe sie aufgehorcht, denn ihr Telephonapparat stehe auf dem Toilettentisch mitten unter den Salben und Töpfen.

Er habe ihr klargemacht, er sei froh, endlich eine Frau gefunden zu haben, mit der er sich an Premieren und Konzertabenden zeigen könne und nicht stets aufs Land hinaus zum Essen fahren müsse, eine Frau, die seine Frau gut kenne, daher möchte er in aller Form und unter Anerkennung der verbrachten Stunden und Tage die Bekanntschaft aufkündigen. Sie habe gebettelt am Telephon; sie wehre sich nicht dagegen, daß er sie aufgebe, es sei ja auch bei unbezahlten Verhältnissen einmal fertig; aber sie habe ihn angefleht, er solle sie aus einem anderen Grunde aufgeben als aus dem, den er anführte. Welche Frau fleht schon darum, man werfe ihr vor, sie sei langweilig geworden oder zu alt, jeder derartige Grund hätte sie weniger getroffen als die Bemerkung, er habe sich für eine ehrbare Frau entschieden. Sie sei heute um ihren Einsatz betrogen worden. Sie habe sich entschlossen, ihr Leben als Prostituierte aufzubauen, ohne äußeren Anlaß, aus Neugierde und Trägheit vielleicht, aus jugendlichem Gleichmut möglicherweise. Ihr Vater sei Prokurist gewesen, und sie habe noch einige Zeit bei ihren Eltern als ausgelernte Schneiderin gewohnt, die am Abend eine Modefachschule besuchte, bis es ihr zuviel wurde, jeden Morgen um halb acht aufzustehen, um dann vier Stunden in einem Kaffeehaus zu sitzen bis zum Mittagessen. Einmal müsse man sich von zu Hause lösen. Ohne Streit sei sie gegangen, und sie begreife, daß man sie nicht mehr empfing, nachdem der Verlobte ihrer Schwester sie einmal in einer Bar traf. Sie habe gemeint, es gebe zwei Möglichkeiten für eine Frau; ehrbar zu werden oder ein Gewerbe daraus zu machen. Sie habe alle Folgen auf sich genommen. Es sei nicht einfach, sich als alleinstehende Frau zu behaupten. Habe man sie in den Lokalen angepöbelt, dann habe sie gedacht, so spricht man mit einer Hure; und habe sie gar einer angespuckt, dann habe sie gedacht, du hast keine Ehre, sondern eine Straßenecke; und sie habe sich mit dem Revierpolizisten eingelassen, um im Notfall Schutz zu haben. Jede Folge habe sie auf sich genommen; sie sei verachtet und belästigt worden; sie habe es richtig gefunden, da sie eben keine ehrbare Frau sei. Aber jetzt, jetzt sei sie zum erstenmal das, was man eine Gefallene nenne; sie sehe, sie hätte ebensogut und ohne Verzicht eine ehrbare Frau werden können.

Diese Frau werde ich kaum mehr sehen. Die Schwester sagte mir, man dürfe sie nicht besuchen. Und irgendwie war ich sogar froh darüber, ich hätte ihr mitteilen müssen, daß ich nicht mehr Inspektor der Abwässer bin, und ich hätte ihr erzählen müssen, daß sich Orsino das Leben nahm; daß er meinte, Ihre Leute wollten ihn holen, als sie bei ihm anklopften, und daß er nicht ahnte, daß Sie ihn verwenden wollten; daß er den Gashahn aufdrehte, was man erst nach einigen Tagen merkte, da sein Gasherd von einem Münzautomaten gesteuert wird. Der Gegenwert von Gas für das eingeworfene Geld war nicht so groß, daß Gasgeruch die andern Hausbewohner belästigt hätte, doch genügte er für Orsinos Tod. Er, der die Umstände verachtete, erlag ihnen.

Jetzt, da Orsino tot ist und da ich Magda kaum wiedersehen werde, erinnere ich mich als Inspektor der Abwässer jener Schar von Freunden, die einem Abwassermann die untrügliche Treue halten – jene proletarischen Millionen von Bakterien, Bakterien, die unter der Wärme leiden, und solche, die die Wärme ertragen, die tätig sind in anonymen Heerscharen, die mit Heißhunger in der Kläranlage den Schmutz aus dem Wasser fressen; indem sie, gesättigt und an Dreck zu Tode gefressen, zu Boden sinken, helfen sie einem Inspektor der Abwässer, das Schmutzwasser zu reinigen. Auf sie ist Verlaß; sie stellen sich ein und sind immer da, ein Sklavenheer, das stumm seine Arbeit verrichtet. Und sollte meinen Nachfolger einmal ein dumpfes Gefühl wie mich befallen, dann soll er in die Kläranlage hinausgehen und sich vergewissern, daß diese Lebewesen ihn nicht im Stiche lassen.

Ich bedaure nur, daß bereits am ersten Tag, an dem ich meine Arbeit wieder aufnahm, Beschwerden über mich an Sie gerichtet wurden. Sie stammen von Photographen; vor allem einer drohte mir, sich schriftlich an Sie zu wenden. Es ist einer der berühmtesten Photographen unseres Landes, ich weiß. Ich sah seine Bilder nie, die seinen jungen Ruhm ausmachen; ich weiß nur, daß er alle Stadien von den ersten Wehen seiner Frau bis zur Geburt seiner Tochter mit der Kamera festhielt und Aufnahmen von großer Schwarz-Weiß-Wirkung erzielte. Er befand sich unter den Photographen, die mich zum Scherz in meinem Büro mit Blitzlicht empfingen, ohne allerdings abzudrücken; sie warteten darauf, mit mir in die Kanäle hinunterzusteigen, um Aufnahmen von jenen Flüchtlingen zu machen, die in der Kanalisation umgekommen waren. Ich gebe zu, es war ein Vorwand, den ich anführte. Wir hatten zwar tatsächlich die Leinwandsäcke noch nicht von der Polizei erhalten. Sie wissen, jene Leinwandsäcke, die man nach Autounfällen neben den zerstörten Wagen gefüllt am Straßenrand liegen sieht. Natürlich hätten wir die Toten auch ohne diese Leinwandsäcke aus den Kanälen holen können, was wir später auch taten. Aber ich wollte die Photographen ungeknipster Dinge ziehen lassen. Ich rettete die Würde der Toten, indem ich sie einen halben Tag länger in den Abwässern liegen ließ.

Anderseits bin ich gerne bereit, mich über das Inspizieren der Abwässer hinaus zur Verfügung zu stellen, nur weiß ich nicht, ob es im Falle des Filmes, der gedreht werden soll, an mir ist oder an meinem Nachfolger, als Sachberater mitzuwirken. Ich fand auf meinem Schreibtisch eine Notiz wegen des Filmes über die Kanalflüchtlinge. Der für den Film ausersehene Regisseur rief mich bereits an; er wußte nicht, daß ich vielleicht bei Drehbeginn nicht mehr Inspektor der Abwässer sein werde. Ich kenne den Regisseur von früher. Bevor er als Folge des Umsturzes das Staatliche Schauspielhaus übernahm, spielte er in einem von einer Südfrüchte-Importfirma nicht mehr benutzten Kellerraum-Theater. Dort traf ich ihn zum erstenmal. Er wollte in die kleine Bühne eine Versenkung einbauen. Das war aus technischen Gründen nicht möglich; denn die Kanalisation kreuzt dort bereits mit anderen Leitungen; es mußte deswegen schon eine Dükerleitung gebaut werden. Ich schlug seinen Antrag ab – zu seinem Leidwesen. Es freut mich daher, daß dieser Mann nun die Leitung des Staatlichen Schauspielhauses übernahm; dort liegt die Bühne so hoch über Straßenniveau, daß er mit Versenkungen Figuren aus der Unterwelt auftreten lassen kann, ohne die Kanalisation zu stören.

Sollte der Theatermann den Film drehen, so bin ich gerne bereit, als Sachberater zu helfen. Ich schlug einen Kanalabschnitt vor, der sich für die Dreharbeiten eignet, muß der betreffende Kanalabschnitt doch für eine gewisse Zeit gesperrt werden. Es ist den Künstlern nicht zumutbar, in echtem Abwasser zu spielen. Das wäre auch zu gefährlich. Doch dürfte mit Industrieabfällen und chemisch gefärbtem Wasser mühelos der Eindruck echten Abwassers erzeugt werden können. Ich möchte gleichzeitig eine Bitte vorbringen. Könnten Sie die Erlaubnis, den Film in den städtischen Abwässerkanälen zu drehen, nicht mit einer Bedingung verknüpfen? Nämlich, daß die Filmgesellschaft die installierten Lampen nach Abdrehen des Filmes uns für drei bis vier Tage überläßt? In dem Kanalabschnitt sollten die Betonwände ausgebessert werden, was unter günstigen Lichtverhältnissen leichter und rascher vorzunehmen wäre.

Soweit es in der Beamtenmacht liegt, hilft man als Inspektor der Abwässer der Kunst. In meinem Falle verwendete ich mich für den »einäugigen Poeten«. Er hieß so, weil ihm eine Locke von der Stirne bis zu den Lippen hing und eines seiner strahlenden blauen Augen verdeckte. Er durfte kaum neunzehn Jahre alt sein. Er war eines Morgens durch die Straße gewandert, die Sonne in seinen Locken, und da sah er, wie aus einer Dole ein Abwassermann aufstieg; er folgte den feuchten Spuren, und da packte ihn das Verlangen, auch einmal hinunterzusteigen. Als der »einäugige Poet« sein Anliegen vorbrachte, war ich verlegen. In keinem Abwasserreglement ist der Besuch eines Dichters im Entwässerungsnetz vorgesehen. Ich besprach mich mit dem Amt für Wasserrecht und Gewässerschutz. Es wurde vereinbart, daß Dichterbesuche in der Kanalisation in den Kompetenzbereich des Abwasserinspektors fallen, wovon ich meinen Nachfolger hiermit in Kenntnis setzen möchte. Der »einäugige Poet« trat in meinem Büro sogleich vor den Plan des Entwässerungsnetzes, suchte darauf seine Wohnadresse und wünschte die Abzugskanäle seines Vaterhauses zu besuchen. Ich entsprach seinem Wunsche nicht; er wohnt in einer Sozialkolonie, deren Abwasser durch Rohre abgeleitet werden, die weder begehbar noch bekriechbar sind. Ich hätte seinem Wunsche aber auch aus einem anderen Grunde nicht entsprochen. So sehr mir gefiel, daß ein Dichter in die Abzugsschächte steigt, so sehr mißfiel mir, daß er sich dafür einen rein privaten und persönlichen Abschnitt aussuchte. Ich schlug ihm vor, die Abzugskanäle offizieller Gebäude aufzusuchen. Lächelnd erstaunte er und war bereit, mit mir an einem freitäglichen Kontrollgang zu den Kanälen hinunterzusteigen, die unter dem Abwasseramt liegen.

Man muß die Besucher für diesen Gang ausrüsten. Als wir uns an jenem Freitag der Baracke näherten, erschrak der junge Dichter. Er wies auf die Beine schwarzer erhängter Männer, die hinter dem Barackenfenster baumelten. Als ich die Türe öffnete, sah er die Gummistiefel, die gebündelt an einem Fleischerhaken von der Decke hingen: die Uniform von uns Abwasserleuten. Ich reichte ihm ein Paar Stiefel, band ihm die Riemen nicht nur kreuzweise über die Schultern, sondern auch um die Hüften. Die Abwasserausrüstung ist für ausgewachsene Männer gedacht, die eine Berufslehre abgeschlossen haben. Ich reichte dem jungen Dichter den Aluminiumhelm. Als er ihn festgebunden hatte, hing ihm keine Locke mehr von der Stirne in das Gesicht. Der »einäugige Poet« zeigte für seinen Gang in die Kanalisation zwei strahlend blaue Augen.

Nachdem ich die Luft mit dem Gasometer geprüft hatte, stieg ich als erster in den Schacht. Ich beruhigte den Dichter: die Einstiege sind enger als die Schächte selbst, welche ausgebuchtet werden. Ich bat den jungen Mann, sorgfältig auf die Steigkästchen zu treten, die aus der einen durchgehend geraden Wand des Schachtes herausragen. Ich hielt ihm meine Hand hin, und er klammerte sich daran. Ich mußte meine Hand lösen und ihm klarmachen, daß Handfläche gegen Handfläche zu liegen habe und daß je vier Finger die andere Hand gegen die Wurzel hin festhalten und daß die vereinzelten Daumen sich aneinander klammern mögen, aber dies im brüderlichen Zweifel, ob sie Schutz gewähren oder Schutz empfangen. Über diesen Gruß vereint, stiegen wir ein, der Dichter, seine Hand nach unten dem Inspektor entgegenhaltend, und ich, meine Hand nach oben bietend. Steigkästchen um Steigkästchen drangen wir zur Sohle des Schachtes vor. Als wir auf der Fundamentplatte standen, die Füße bereits im Schmutzwasser, an jener Stelle, an der die Abwasserleitung als offene Rinne durch den Schacht geführt wird, zeigte ich dem Dichter über uns einen blauen Kreis Himmel und vor uns die schwarze Eiform des Kanals.

Mit Vorsicht drangen wir in den Kanal ein. Er führte Niedrigwasser. An der Innenwandung waren die Linien erkennbar, welche frühere Stände des Abwassers anzeigten, verkrustete Gradmesser. Nur an der frischesten Spur hingen algenähnliche Fäden, sich gegen den Sog wehrend. Unsere Hände hatten sich gelöst. Mit der Linken stützten wir uns bei jedem Schritt an die Seitenschale. Wir wirbelten die Sinkstoffe auf, die sich mit den Schwimmstoffen mischten. Wo eine andere Leitung in die unsere mündete, öffnete sich über uns der Kanal zu einem Schacht. An dieser wiederkehrenden Einteilung war das Straßennetz mit seinen Kreuzungen und Plätzen an der Oberwelt zu rekonstruieren. Der Kanal wies ein starkes Gefälle auf. Wir stiegen durch einen Absturz, gingen über Stufen durch ein kaskadenförmiges Bauwerk und hielten uns an der Handleiste. Als wir die Kaskade hinter uns und keine Handleiste mehr zu Hilfe hatten, hörte ich einen dumpfen Klatsch hinter mir. Der Dichter stieß ein Wort aus, und das Wort eilte abwasserabwärts und abwasseraufwärts, floh durch den Kanal und drang in alle Rohre ein, zerschlug sich an den Kanalklinkern zu bloßen Lauten.

Ich drehte mich um. Der Dichter lehnte an der einen Seitenschale. Ich hatte nicht achtgegeben. Denn zu unserer Linken befand sich eine Überfallschwelle, wie man sie bei einem Mischwasserkanal, der nicht nur häusliche Abwässer, sondern auch Niederschlagswasser führt, mit Vorteil in regelmäßigen Abständen anbringt – ein Überfall, der zur Entlastung dient, damit nicht alles Niederschlagswasser der Kläranlage zugeführt werden muß, sondern nach einer bestimmten Verdünnung bei rasch ansteigendem Abwasser ein Teil vorzeitig abgeleitet wird. Ich kannte die Stelle. Der Dichter aber hatte sich an der Kanalwand entlang getastet und seinen Arm plötzlich in dem rechteckigen Überfall verloren. Ich legte mein Ohr vor seinen Mund, damit er tonlos wiederhole, was er gesagt hatte: Als der Dichter mit seiner Hand plötzlich ins Leere vorgestoßen war, nicht ahnend, daß es sich um einen Notauslaß handelte, hatte er »mein Gott« gerufen.

Ich legte die Hand des Dichters an den Schulterriemen meiner Gummistiefel. Ich spürte den jungen Atem in meinem Nacken. Nach den ersten Schritten fühlte ich, wie bei jedem Versetzen der Füße sein Helm an meine Schulter klopfte. Der Dichter hatte den Kopf gesenkt und ließ sich leiten. Meine Handlampe schwankte. Der Kanalwinkel senkte sich; wir kamen zu einem trompetenförmigen Gebilde. Unser Kanal mündete in den Hauptsammler, der das Abwasser zu jenem Tiefpunkt führt, wo es geklärt wird.

Ich trat zur Seite. Der Dichter hob den Kopf und folgte mit den Augen dem Kegelschein meiner Lampe. Ich leuchtete in den Haubenprofilkanal – eine Form, die früher noch mehr Anwendung fand, verständlicherweise, da sich das Deckengewölbe den durch die Auflast bedingten Gewölbedrucklinien anpaßt und einen Mindestaufwand an Baumaterialien ermöglicht. Neben der Schmutzwasserrinne waren Gehbahnen gebaut, die bei niedriger Wasserführung sogar befahren werden konnten. Ich leuchtete den Wänden entlang: pastöse Pilze und nebulöse Gebirge, flächige Wolken und zerrissene Täler, Farben, von Beginn an verwaschen, und Formen in kriechender Verwandlung. Ich leuchtete gegen das Gewölbe hin. Kristalle blitzten auf, welche die Feuchtigkeit ausgeschieden hatte, zurückgeblieben, nachdem das Wasser vertropft war, weißlich und ohne Leuchtkraft, in nebliger Häufung, vereinzelt und als Doppelsterne, Sterne, die nicht nur verfinstert sind, wenn ein anderes Gestirn im Vorbeigehen Schatten wirft, sondern die erst aufleuchten, wenn ein Abwassermann durch die Kanäle geht.

Ich leuchtete am Kanalgewölbe das Firmament ab und zeigte dem jungen Dichter den Himmel der Abwässer. Namenlos sind die Sternbilder; man kann mit der Hand in der Luft die Linien ziehen, welche die einzelnen Punkte zu Gebilden vereinigen, die man gleichfalls Fuhrmann, Krone oder Becher nennen könnte. Nach diesen Sternbildern orientiert sich kein Seefahrer; denn sie sind wandelbar. Zuverlässig sind einzig die Kanäle in ihrer Anlage. Denn am Firmament der Abwässer erlegt der Schütze den Steinbock, und der Jäger wird von seiner Hundemeute zerrissen; der Pfeil wird abgeschossen, und der Drache kriecht zur Biene; der Kompaß wandelt sich zum Mastbaum und der Mastbaum zum Segel, an dem der Kleine Löwe nagt; der Schlangenträger steht vor der Staffelei, und die Biene geht ins Netz, und das Netz wird großmaschig und hält den Schild nicht mehr; der Fisch fährt auf dem Großen Wagen, und der Große Bär greift in die Leier.

»Auswurf« nannte der Dichter sein Buch; mein Nachfolger wird es in meinem Büro finden. Eine handgeschriebene Widmung liest man auf dem Vorsatzblatt; sie ist aber nicht an mich persönlich, sondern an einen Inspektor der Abwässer gerichtet. Diese Widmung stand unter dem lateinischen Motto, welches aussagt, daß wir zwischen Blut und Fäkalien zur Welt kommen. Ich hatte das Buch eine

Zeitlang unbeachtet auf dem Meßtisch liegen lassen, da ich wegen des Formates annahm, es handle sich um den Prospekt einer Firma. Als ich es auspackte, wunderte ich mich, wieviel der Dichter bei seinem kurzen Gang durch die Kanalisation gesehen hatte. Er war umgekehrt, bevor wir zum Pumpwerk gekommen waren, wohin mich der damalige freitägliche Kontrollgang hätte führen sollen. Ich war dem Dichter nachgeeilt, als er plötzlich davonrannte; er irrte sich bei keiner Kreuzung; obwohl er gegen den Strom des Abwassers schritt, war er behende und kletterte lange vor mir an den Steigekästchen den Schacht hoch. Ich brauchte nur den feuchten Fußspuren seiner Gummistiefel zu folgen, so daß ich ihn in einem Hinterhof wiederfand, wo er an einem Baum lehnte.

Noch einmal traf ich den Dichter. Als ich nach einem meiner immer wiederkehrenden freitäglichen Kontrollgänge auf das Straßenniveau stieg. Sie erinnern sich vielleicht, daß der junge Dichter für sein Buch einen Förderungspreis erhalten hatte. Als höherem Beamten wurde mir eine Einladung zugeschickt; doch konnte ich nicht an der Feier teilnehmen, weil an jenem Sonntagmorgen das Pumpwerk aussetzte, das die Abwässer von einem Tiefpunkt auf ein höheres Niveau bringt. So blieb ich der Feierstunde fern, in welcher, von Musik umrahmt, in einem Umschlag dem Dichter Geldscheine überreicht wurden. In der Laudatio hieß es, noch nie habe ein Dichter gewagt, die Abwässer mit solcher Wahrheit zu besingen, man rieche aus den Versen geradezu die Kanalisation. Mit den Geldscheinen fuhr der junge Dichter in die Berge, nahm seine Freundin mit und schwängerte sie unter dem

Wanderzelt. Da der Dichter zu seiner Vatertat stand, wurde er kurz vor dem Abitur aus der Schule ausgeschlossen. Das Alkibiades-Gymnasium duldete als humanistische Bildungsstätte keine voreiligen Väter. Der Dichter heiratete, nachdem er die Erlaubnis seiner Eltern und deren seiner jetzigen Frau eingeholt hatte. Am Tag der Hochzeit gab er die vieldiskutierte Erklärung ab, daß die Zeit des Dichtens für die Dichter vorbei sei, es sei die Morgenröte des Protestierens angebrochen. Da der junge Hausstand unterhalten werden mußte, arbeitete seine Frau weiter in einer Buchhandlung, während er den Haushalt besorgte. Ich sah ihn nach einem freitäglichen Kontrollgang. Er stieß durch den Wochenendverkehr den Kinderwagen; am aufgeklappten Dach des Kinderwagens hingen Pappkartons, auf denen zu lesen stand, wogegen er protestierte.

Als ich sein Buch damals öffnete, stellte ich fest, daß auf einer Seite nur wenige Worte gedruckt waren, die, graphisch geordnet, ein eigenwilliges Bild ergaben. Punkte hinter den Worten ließen ahnen, daß mehr als nur die Anzahl der Buchstaben gemeint war. Die Leerstellen waren bedeutungsvoll in ihrem Umbruch. Mir gefielen noch die Verse, die begannen »Ich habe eine Stadt weinen gehört«, und in denen er schilderte, wie er die Augen in den Abzugskanälen schloß und wie die Ohren nicht mehr das Fließen des Blutes in den Schläfen vom Fließen der Abwässer in den Kanalrinnen unterschieden, und wie das Herz im Rhythmus des Pumpwerks in der Ferne schlug; aber er kam mir zu oft auf dieses Pumpwerk zurück; wenn schon ein Organ, dann wäre es die Niere gewesen, aber bis zur Kläranlage war der Dichter gar nicht mitgekommen. Man kann sich fragen, ob es grundsätzlich richtig ist, daß ein Inspektor der Abwässer einen Dichter in die Kanäle begleitet. Ich würde die Frage bejahen, zumal er ihn auf einen ordentlichen Kontrollgang mitnehmen kann. Auch auf die Gefahr hin, daß dann ein Dichter wie mein »einäugiger Poet« die Abwässer besingt und jubelt, Einblick gehabt zu haben. Es berührte mich peinlich. Wer die Kanalisation durchschreitet, hat nur zwei Möglichkeiten: milde zu werden oder bei uns zu bleiben. Damals wurde mir klar: wir Abwassermänner lieben das Abwasser nicht, sondern wir kanalisieren es.

Begonnen habe ich bei der Frischwasserzufuhr. Das ist ein Anfang, der meiner Meinung nach einem zukünftigen Inspektor der Abwässer nicht schlecht ansteht. Als ich nach meiner jungenhaften Flucht, von der ich Ihnen erzählte, in unsere Stadt zurückkehrte, wünschte ich, wieder meinen Beruf auszuüben. Aber alle Meister, bei denen ich mich vorstellte, verlangten, obwohl ich mein Lehrabschlußzeugnis vorwies, genaue Auskunft über meine bisherigen Arbeitsplätze. Da ich schwieg, wurden sie mißtrauisch. Aber hätte ich Auskunft gegeben, sie hätte mir nicht weitergeholfen. Wer will einen Klempner anstellen, der gleich nach der Berufslehre wegfährt, Nelken begießt, Unkraut jätet und Blumen beschneidet, damit sie zur Nachsaison zu höheren Preisen blühen! Ich hatte im Süden eines südlicheren Landes in einer Blumenzucht gearbeitet. Und nach meiner Rückkehr wurde die Organisation des Lebens schwierig; ich verlor einen festen Wohnsitz und kam in den Genuß einer Reihe von Adressen; und je mehr ich abstieg, um so feierlicher kleidete ich mich. Der einzige Anzug, der am Ende noch heil war, war der schwarze Anzug, den meine Eltern mir für die Lehrabschlußfeier gekauft hatten und von dem sie sagten, ich könne ihn auch zur Verlobung oder zur Hochzeit gebrauchen und überhaupt für feierliche Anlässe. Da ich ihn jahrelang schonte, war er noch fast neu, als meine andern Kleidungsstücke nicht mehr zu tragen waren; nie war ich so feierlich schwarz an einem gewöhnlichen Werktag gekleidet wie damals, als ich mein eigener Schuhmacher wurde, der mit Pappkarton die Sohlen abdichtete. Ich hätte keine passende Stelle gefunden, hätte mir Dietrich nicht die notwendigen Unterlagen verschafft, dank deren ich mich nach manchen Mißerfolgen bei Privaten auf einem Amte meldete. Es war die Frischwasserversorgung, bei der ich, der nachmalige Inspektor der Abwässer, meine öffentliche Laufbahn begann.

Dietrich beschaffte mir eine Bestätigung, laut der ich in dem Betrieb, in welchem er seine Lehre durchlaufen und danach als Klempner gearbeitet hatte, angestellt war, so daß meine Berufstätigkeit keine Lücken aufwies. Dietrich konnte dies arrangieren, weil die Frau seines Lehrmeisters und Arbeitgebers in ihn verliebt war. Diese Frau fuhr ohne Ehemann in die Ferien. Das Geschäfts-Ehepaar, das kinderlos war, hatte sich entschlossen, ihr Geschäft keine Stunde ohne Aufsicht des einen der beiden Ehepartner zu lassen. Dietrich nahm eine Woche vor der Geschäftsfrau Ferien. Er war bereit, die Frau in den Urlaub zu begleiten. Seine vertraglich zugestandenen und bezahlten Ferien hatte er bereits bezogen und mit einer Freundin verbracht.

Die zusätzlichen Ferien bewilligte sein Arbeitgeber nur, wenn er für die Ausfallzeit einen Ersatzmann stellte. Dietrich löste meinen zweiten Koffer bei der Gepäckaufbewahrung aus, lieh mir Geld, damit ich meinen neuen Patron nicht gleich in den ersten Tagen um Vorschuß anging. Die Freude, meinen Werkzeugkasten wieder zu benutzen, wurde getrübt; mein kurzfristiger Patron war herzlich zu mir.

Als Dietrich zurückkehrte, fragte ich ihn, wie die Ferien gewesen seien. Er gestand: am Anfang sei alles besser gegangen als gegen das Ende hin und gar den vorletzten Abend! Jeanne – so hatte er Hanna, die Frau seines Lehrmeisters und Arbeitgebers, in Frankreich genannt und sich Didier rufen lassen – Jeanne hatte einen Kleinwagen gemietet, aber man hätte sie kaum erkannt im Kopftuch neben ihm am Steuer; wahnsinnig teuer seien die Preise in den Restaurants gewesen, aber Austern täten es ihm nicht an, sie hingegen habe Austern geschlürft, lebendige, obwohl sie vorher auch nie welche gegessen habe, Meertiere seien nichts für ihn. Dann schon eher Schlösser, darunter sei ein Wasserschloß gewesen, aber man habe keine Zeit gehabt, nach dem Stausystem zu fragen, unentwegt habe ein Führer Jahreszahlen geflüstert; es sei schon übertrieben, jede Kirche aufzusuchen, nur weil sie einen Spitzbogen oder sonst etwas aufweise. Sandstrand gebe es da, kilometerlang, er habe Muscheln mit nach Hause gebracht; da schlage einem Klempner nicht nur das Herz höher, wenn man so in der Sonne liege; er habe sich Jeannes nicht zu schämen gebraucht, wenn sie im Badekostüm erschien. Er habe bei ihr das Tanzen aufgefrischt, und sie habe wacker mitgetan, obwohl er gerne einmal allein in die »Whisky-Galeere« gegangen wäre, aber die Gesellen nähmen es von den Lebenden. Geschmack – das hätten die Franzosen. Er zeigte ein Feuerzeug, das ihm Jeanne geschenkt hatte. Alles wäre gut gegangen, immer habe sie ihn vorausgeschickt und ihm überlassen, in den Hotels ein Zimmer für zwei Personen oder zwei Einzelzimmer zu nehmen; er habe stets zwei Einzelzimmer gewählt, bis auf den vorletzten Abend, da sei nur noch ein Bett für zwei Personen frei gewesen, Hochsaison, und Jeanne sei dazugekommen, weil sie nicht länger draußen im Wagen warten wollte, ein Zimmer mit Balkon. Da sei ihm nichts anderes übriggeblieben. Jeanne habe vorgeschlagen, im Hotel zu essen, obwohl er noch lieber ausgegangen wäre; die Hotel-Bar sei traurig gewesen; als er mit ihr im Zimmer oben war, da habe er sich überlegt, ob es tunlicher sei, daß Jeanne zuerst ins Badezimmer gehe, er sei dann aber selber als erster gegangen, obwohl sie schon ihre Fläschchen aufs Glastablett gestellt hatte, und als er im Bett gelegen habe, deutlich ermüdet, da sei sie zärtlich geworden, und wie er den Mund wegzog, da habe sie geweint und gebettelt, sie möchte wenigstens einmal mit ihm zusammen sein, es sei schon der vorletzte Abend – da sei ihm nur übriggeblieben, die Frau in die Arme zu schließen und ihr zu sagen: »Es geht nicht. Du bist eine verheiratete Frau.« Dietrich wurde später Inspektor der Frischwasserzufuhr.

Sie wissen, meine Herren, Dietrich ist ein Opfer des Umsturzes geworden. Der Inspektor der Frischwasserzufuhr kam auf seiner Flucht in den Abzugskanälen um. Ich ahnte es, als ich hinunterstieg, daß ich Dietrich finden werde. Er wollte durch jenen Kanal fliehen, der zum Schwesterholz hinausführt, und dann muß er gemerkt haben, daß Ihre Leute am Ausgang warteten; so kehrte er in das Entwässerungsnetz zurück und kam in einem Seitenkanal um. Ich fand ihn an einem Grobrechen, den wir gegen sperrige Schwimmstoffe bauen und der geneigt ist, so daß ein Körper darauf ruht.

Neben dem Ausfluß bettete ich ihn ins Gras. Meinem Kopf war klar, daß Dietrich tot war, und meine Hände suchten in ihrer Verlegenheit nach irgend etwas, das man zur größeren Bequemlichkeit dem Toten unter den Nakken schieben könnte. Nicht unweit von der Kläranlage bettete ich ihn. Dort, wo das Abwasser belebt wird, dort, wo das Schmutzwasser zu atmen beginnt, bei einem Fischteich, in dem sich Karpfen und Schleien drängen, dort, wo das geklärte Abwasser mit neunzig Prozent Reinheit den Flüssen zurückgegeben wird, legten wir den einstigen Inspektor der Frischwasserversorgung ins Gras. Da kein Sarg zur Verfügung stand und da die Leinwandsäcke von der Polizei noch nicht eingetroffen waren und da ich Dietrich nicht in der Sonne liegen lassen wollte, pflückte ich von den Pflanzen, die dank dem hohen Sauerstoffgehalt des gereinigten Abwassers beim Ausfluß kräftig gedeihen. Ich pflückte Löwenzahn und Wiesenkerbel, riß Klee und Gras aus und bedeckte den Toten. Um die Stelle zu markieren, an der er lag, stellte ich an seinem Kopf eine Warntafel auf, einen dreibeinigen Kerzenstock ohne Kerze.

Vergessen Sie nicht, meine Herren, es gab eine Zeit, da

beneidete ich Dietrich – jeder Inspektor der Abwässer wird einmal solche Gefühle gegenüber einem Frischwasserinspektor empfinden. Dietrich mied mich in den letzten Jahren. Das war mit ein Grund, weshalb ich für möglichst vollständige Unabhängigkeit der Abwässer vom Frischwasser kämpfte. Wir bauten die Staubecken für Regenwasser aus, um den notwendigen Druck für die Reinigung von Abzugsrohren zu erzielen; aber wir sind noch immer für die Spülung eines beachtlichen Teils des Stadtentwässerungsnetzes auf die Versorgung durch die Frischwasserzufuhr angewiesen. Es hätte berufliche Gründe und damit menschliche Vorwände genug gegeben, öfters mit Dietrich zusammenzukommen. Der Mann, der unsere Stadt mit frischem Wasser versorgte, kehrte erst für die Flucht und seinen Tod in die Abzugskanäle zurück.

Denn Dietrich hatte ich im Entwässerungsnetz näher kennengelernt. Als er damals aus den Ferien zurückkehrte, meldete er sich krank. Sein Meister war bereit, mich weiter zu beschäftigen, doch hatte ich mich bereits auf dem Frischwasseramt gemeldet. Als ich dort vorsprach, kam Dietrich mit. Am Höflichkeitsgrad des Personalchefs merkten wir, man erwartete von uns, was nicht üblich war. Krankheitsfälle waren in der Stadt verzeichnet worden, die Vermutung wurde ausgesprochen und war in der Presse zu lesen: daß das Trinkwasser nicht sauber sei. Nun gab es damals in unserer Stadt noch öfters Stellen, an denen das Frischwasser und das Abwasser in ungedeckten Kanälen, wenn auch in entgegengesetzter Richtung, nebeneinander flossen. Uns fiel der Auftrag zu, in einem solchen Kanalabschnitt den Stand der Abwässer zu kontrollieren und Meldung zu geben, falls wir feststellten, daß das Abwasser ins Frischwasser überflute. So machten wir unsere erste Bekanntschaft mit dem Abwasser, jedoch von der Frischwasserversorgung entlohnt.

Auf dem schmalen Damm, zwischen Abwasser und Frischwasser, lernten wir uns näher kennen. Wurde der Damm zu schmal, wichen wir in das Abwasser aus, denn im Frischwasser durften wir nicht waten, obwohl wir einmal im Übermut es nicht bleiben ließen, unsere Stiefel hineinzuhängen. Auf diesen Kontrollgängen hat Dietrich von sich erzählt. Er teilte sich mit, weil er sich fürchtete. Überfiel ihn die Angst, griff er nach einem Streichholz, obwohl er wußte, daß das offene Licht von den Abgasen nicht geduldet wird. Das erlaubte Licht, das unseren Gang beleuchtete, strahlte von unserer Stirn, ein matter Scheinwerfer, von einer Batterie gespeist. Bei Gelegenheit fiel mit dem getrichterten Lärm des fernen Verkehrs ein Strahl Sonne durch das Loch der Dolendeckel auf uns.

Dietrich meinte, er habe gefunden, was unsere Auftraggeber suchten; aber er nahm einen Unfall für eine Ursache. Es ist richtig, er hatte die Ratte zuerst gesehen. Er ging auf den Kontrollgängen voraus, eifrig, doch sich nach dem Hintermann umsehend. Er schrie auf und zeigte auf die Ratte; er griff nach seiner Tasche und zog eine Schachtel Rattengift hervor. Seine Mutter hatte ihm dieses Paket vorsorglich mitgegeben. Er streute roten Zucker mit Arsen, hausfraulich häufelte er das Gift. Unsere Lampen abgeblendet, warteten wir. Eine Ratte kroch heran, eine zweite folgte; schnuppernd fraßen sie ihren Tod. Sie schleppten sich zur Kante und pfiffen mit verdrehten Augen. Da blendete Dietrich den Scheinwerfer auf. Die Ratten kippten im künstlichen Licht, ihre Krallen öffneten sich und kratzten ohne Griff und schleiften die Kanten hinunter. Dann bahrte sie das Wasser; den Bauch gebläht vom Sterben, trieben sie einem unbekannten Friedhof entgegen. Dietrichs Lachen war ihr stößiger Trauermarsch. An der schwarz-grauen Unterseite des Rattenleibes erkannte ich: Dietrich hatte zwei Hausratten getötet; zwei jener Ratten, die sonst näher der menschlichen Behausung wohnen, die in Dachkammern und Kornspeichern sich niederlassen, die sich in Gartenhäuschen einnisten und Ställe und Scheunen aufsuchen, deren Traum die Küche und der Vorratsraum ist und die nur im Notfall hinuntersteigen in die Abzugskanäle und Senkgruben, wo ihre Gattungsfeinde herrschen, die Wanderratten, größer und mächtiger, nirgends zu Hause und sich überallhin den Weg erfressend.

Die Ratten, die Dietrich vergiftet hatte, fielen ins Frischwasser. Da löste sich Dietrichs Freude in Angst auf, und er erschrak. Er sah mich hilfeheischend an. Ich machte mich auf den Weg, um jene Stelle zu suchen, die verstopft war. Das Freßgequietsch anderer Ratten wies uns die Richtung. Als wir uns näherten, stoben sie auseinander, sprangen in die Kloake, die eine biß sich am Schwanz der andern fest, und alle tauchten. Aus Haaren und anderen Teilchen, die sich im Wasser drehen, hatte sich ein Zopf gebildet, der eine Röhre verstopfte. Dietrich frohlockte. Ich nahm eine Harke, schlug sie fest in der Zopfbildung, zog diese gegen den Strom einem Hauptkanal zu, der breit genug war, sie fortzutragen. Dietrich begehrte auf, da er meinte, er hätte die Erklärung für das Überlaufen des Abwassers ins Frischwasser gefunden. Ich erinnerte ihn an die vergifteten Ratten im Frischwasser. Er las in den nächsten Tagen im Lokalteil der Zeitungen nach, ob nicht Vergiftungsfälle gemeldet würden.

Die mit Arsenzucker vergifteten Ratten hatten uns nähergebracht. Er faßte Vertrauen zu mir. Er fragte mich, ob ich ihm nicht Verhütungsmittel verschaffe. Schon oft hatten wir im Brack Präservative gesichtet. Da ich bisher nie welche gekauft hatte, ließ ich mich vom Drogisten beraten und wiederholte die Bemerkung des Mannes in der weißen Schürze, als ich Dietrich die Packung hinhielt. Er gestand, er äußere nur mir gegenüber einen solchen Wunsch; er beteuerte, er brauche im Augenblick überhaupt kein Schutzmittel, doch rechne er mit Eventualfällen. Ich erinnerte mich an das Rattengift, das ihm noch die Mutter eingepackt hatte. In Dietrichs Augen flackerte die Gewißheit, der Natur folgenlos Lust abzugewinnen.

Aber eines Tages bat er mich: ob ich nicht an seiner Stelle einen Arzt aufsuche. Er nannte mir die Adresse eines Frauenarztes, und er nannte mir den Namen eines Mädchens, das bei diesem Frauenarzt bereits vorgesprochen hatte, da ihre Monatstage ausgeblieben waren. Dietrich meinte, es würde mir sicher nichts ausmachen, finanzielle Nachteile ergäben sich keine; ich solle als möglicher Vater zu diesem Frauenarzt, er halte die Ungewißheit nicht aus. Schlimm könne es nicht werden; sein Vater arbeitete bei einer Lebens-Versicherung, der kenne einen Psychiater, der werde das notwendige Gutachten ausstellen. Ich ging zum Frauenarzt; der führte mich in sein Laboratorium vor eine Maus, die aufgeschlitzt und aufgespannt auf einem Tischchen lag. Der Arzt erklärte mir, daß man der Maus vom Urin meiner der Schwangerschaft verdächtigen Freundin eingespritzt habe. Die tote Maus zeigte reife Follikel. Dietrich war Vater geworden.

Ich will mich nicht in den Vordergrund schieben, aber ich war es, der die Ursache für das verschmutzte Frischwasser herausfand. Ich kam nur darauf, weil mich ein Abwassermann auslachte. Der arbeitete in einem anderen Kanalabschnitt; aber wir duschten gemeinsam. Wir seiften uns die Rücken ein, da sagte der Abwassermann unter der Achsel durch: «Wenn wir uns beklagten! Bei uns fließt Tag um Tag Frischwasser in das Abwasser. Aber wir ertragen euch, ihr verdünnt uns höchstens.» Ich sah nach Dietrich. Er duschte abseits, gegen eine Ecke hin. Er hatte die Dusche auf Sprühen eingestellt; die Arme nach oben ausgebreitet, bot er sein Gesicht und seine Brust dem Wasser dar; die Beine stramm, stand er da, behütet von einer Badehose. Der Abwassermann feixte. Er nahm sein Frottiertuch, knüpfte es um die Lenden und zog es unter den Schenkeln durch, mit der Linken hielt er den Tuchknäuel hinter sich wie einen Schwanz in die Höhe, die Rechte stemmte er in seine Hüfte, dann bot er die vom Frottiertuch verborgene Schamgegend dem Wasserstrahl an, hüpfte unter der Dusche weg und tänzelte davon – ein Faun, der sich in den Ankleideraum begab. Ich kombinierte eine Erkenntnis, während Dietrich die Waschung vollzog. Am nächsten Tag meldete ich mich krank. Am übernächsten Tag erschien ich wieder, und als sich Dietrich nach meinem Wohlbefinden erkundigte, klärte ich ihn auf. Ich hatte die Stelle gefunden, an der das Frischwasser in das Abwasser überfloß, dieses verdünnte und auf einen Stand hob, so daß es weiter unten ins Frischwasser zurückfloß und dieses verschmutzte. Als wir im Wasseramt vorsprachen, kreuzte Dietrich sogleich auf dem Plan die Stelle an, an der das Abwasser ins Frischwasser floß; mir blieb nur übrig, weiter oben, dort, wo das Frischwasser das Abwasser verdünnt, ein Kreuz zu machen. Mit diesem Kreuz war meine Mission beendet. Dietrich blieb bei der Frischwasserversorgung; ich trat zu den Abwässern über.

Heute, da ich dieses Gutachten schreibe, hat es den Anschein, als ob mein Weg zu den Abwässern zwangsläufig und notwendig gewesen wäre. Nicht daß ich diesen Weg verleugne. Aber einmal war ich ein Jüngling, für den es nach vorgeschriebenen Schuljahren nichts als die Klempnerei gab. Ein Jüngling, der eines Morgens mit einem Paket Überkleider unter dem Arm in einem Hinterhof vor einer Werkstatt stand und staunte: da gab es Weißblech und Schwarzblech, Blech mit Riffeln und Blech mit Warzen, geglühte Bleche und solche mit Hochglanz; ein Jüngling, der lernen sollte, das Blech mit dem Holzhammer zu bearbeiten und abzukanten, ein Jüngling, der stolz sein sollte, als er den ersten Außenkreisbogen mit der Blechschere schnitt, ohne daß der Schnitt Absätze zeigte. Voll Zuversicht stand ich in der Frühe vor diesen Lagern und wunderte mich über die Vielseitigkeit des Materials meiner Zukunft.

In diesen Lehrjahren war alles unentschieden. Wurde man in eine Küche vor einen Ausguß gerufen, dann stellte man vorerst einmal seinen Werkzeugkasten hin und betrachtete die Lage. Mit Fachprotzerei erklärte man, daß ein Wasserhahn eigentlich gar kein Hahn, sondern ein Ventil sei. Aber dann machte man sich an dem Wasserhahn zu schaffen, der tropfte. Man drehte die Stopfbüchse aus der Packung, untersuchte den Hahnspindel, schraubte das Küken heraus, prüfte, ob es sich um eine Glockendichtung handelte oder um einen Teller mit Scheibe und Mutter.

Aber ebenso wie man vor einen tropfenden Hahn gerufen wurde, wurde man vor einen verstopften Ausguß gebeten; im Werkzeugkasten fanden sich nicht nur Dichtungen und Schraubenschlüssel, sondern auch eine Stahlspirale mit Kurbel, Kralle, Bürste und Bohrer. Man warnte die Hausfrauen, verdünnte Salzsäure in den verstopften Ausguß zu schütten, und dann ging man daran, den Siphon zu öffnen, nachzuschauen, ob es an der Leitung oder an der Siphonflasche lag. In der Küche, im Badezimmer und in der Toilette waren beide Richtungen angegeben; ob man auf einen Stuhl stieg und den Spülkasten prüfte oder ob man in die Knie ging und sich am Geruchverschluß zu schaffen machte, ob man an der Kette zog oder den Stocherdraht einführte, ob man das Standventil einhängte oder die Putzöffnung wieder verkittete – beide Möglichkeiten lagen offen da. Es wäre auch in meinem Falle möglich gewesen, über Wasserhahn und Spülkasten den Versorgungsleitungen nachzugehen, zum Grundwasser hinunterzusteigen, zu den Saugstellen im See und zum Sprudel, hinauf bis zu den Quellen, zu den Brunnenstuben und Wasserschlössern. In der Küche, im Badezimmer und in der Toilette, in jenen Räumen, auf die keine Familie verzichten kann, in den privatesten Bereichen des privaten Lebens, da wurde das Frischwasser zu Abwasser umgewandelt – ohne Zauberspruch, in aller Banalität. Ich folgte den Falleitungen hinunter zu den Abzugskanälen und diesen durch die Stadt bis zum Klärwerk.

Vieles nimmt sich im Rückblick als Vorspiel aus. Mein Lehrmeister hatte sich auf Dachrinnen spezialisiert; daher meine Kenntnis in bezug auf Zinkblech oder verzinktes Stahlblech. Ich kletterte, angeseilt, mit ihm über Dachfirste und Ziegel, oder stieg an Hausmauern hoch, mich an den Holmen des Lattenstuhls haltend. Was ich bei den Dachrinnen antraf, sollte mich später als Inspektor der Abwässer wieder beschäftigen: das Gefälle. Mit keinem Gedanken dachte ich an die Abzugskanäle der Stadtentwässerung, wenn ich in die Traufenbohle oder Sparrenköpfe die Rinneisen anschraubte, oben in der Luft unter freiem Himmel, und wenn ich den Laubkorb im Rohrstutzen befestigte, da ahnte ich noch nichts von Grobrechen und Sieben in der Kanalisation. Spazierte ich auf den Straßen, dann pflegte ich in die Höhe zu schauen, hinauf zu den Schwanenhälsen der Dachrinnen – dieser Blick nach oben blieb mir, nur daß ich als – einstiger – Inspektor der Abwässer von den Kanälen aus hinauf zur Stadt schaute.

Mein Name kommt in der Lohnliste der Frischwasserversorgung vor. Es war nicht von Nachteil, daß ich auf der andern Seite begann. Die Kanäle, in denen das Frischwasser und das Abwasser ungedeckt nebeneinanderflossen, haben wir abgeschafft; es waren vorsintflutliche Einrichtungen. Bis auf jenen Kanal, der von der Stadtmitte zum

Schwesterholz hinausführt und über den sich soviele retten wollten. Nein, ich bedaure es nicht, beim Frischwasser, wenn auch nur kurze Zeit, tätig gewesen zu sein. Da ich den Abwässern zunächst als Gegner begegnete, kenne ich die schwachen Stellen im System, die ich als Verantwortlicher der Abwässer um so verläßlicher zu schützen wußte. Unter den Arbeitern, die ich beschäftige, gibt es manche, die von der Frischwasserversorgung zu uns übergetreten sind; ich würde Ihnen, meine Herren, empfehlen, sich einmal deren Personalakten geben zu lassen.

Kurz nach meinem Übertritt hatte ich Dietrich wieder getroffen. Er trug Knickerbocker, eine grüne, wetterfeste Jacke und auf dem Rücken einen Rucksack. Ich hätte ihn nicht erkannt, hätte er nicht plötzlich aus dem Gehen heraus gehüpft, was er mit Vorliebe bei Randsteinen tat. Verlegen zeigte er sich in seiner Kleidung. Er gestand mir seine Passion, in die Berge zu steigen, einsam auf einem Hügel zu stehen und in die Weite zu schauen. Er fuhr über das Wochenende, so oft es sich nur einrichten ließ, in die Berge. Er hatte die meisten Quellen unserer regionalen Flüsse aufgesucht. Er schürte seine Worte, als er berichtete, wie er von den Randmoränen über die Spalten auf die Gletscher klettert, vor bis zur Zunge und tiefer bis zum Tor, und daß er stumm zuschaue, wie die Gletschermilch aufkocht. Er gab jedoch den kleineren Quellen den Vorzug, die aus dem Boden springen, unversehens den Entdecker überraschend und selber ob dem Licht überrascht, ungefaßt noch, beim ziellosen Wandern aufgefunden, muntere Kindermünder des Wassers. Er fragte mich, ob ich ihn einmal begleite, er zeige mir seine Lieblingsquelle.

Seine Lieblingsquelle war eine Hungerquelle. Entsetzt starrte er auf den Boden: weggewaschene Erde, ein Rinnsal und ein kaum vernarbtes Wassertal erinnerten an eine Quelle. Er stand auf einer Graskanzel, die von zwei Föhren wie von einem Baldachin überschattet war, und hatte den Blick gesenkt. Seine Brust pumpte Wasser in die Augen. Mir fiel nur das Fachwort »Hungerquelle« ein, und ich sprach es aus und die Erklärung dazu, wonach es sich um eine Quelle handelt, die nur nach Regenfall gespeist wird. Und der Sommer war sehr trocken gewesen. Es gab ein Wort für das, was Dietrich vorfand; also mußten andere schon seine Erfahrung gemacht haben; er war mit seiner Enttäuschung nicht allein. Der Fachausdruck löste seinen Schmerz nicht, aber gab ihm Stellenwert.

Ich kannte das versteckte und bei Erinnerung durchbrechende Leiden des einstigen Inspektors der Frischwasserversorgung. Unsere Stadt bezieht ihr Gebrauchswasser als Grundwasser. Wovon Dietrich aber träumte, war Quellwasser, weil es seiner Vorstellung von Frische und Klarheit eher entsprach. Er hätte einmal Inspektor über Quellwasser werden können, in einer kleineren Stadt allerdings, näher den Bergen, die er früher so oft aufgesucht hatte, abseits der günstigen Verkehrswege, mit einem bescheideneren Gehalt auch. Er lehnte das Angebot ab, er blieb bei uns und saß seinen Aufstieg Posten um Posten ab. Im Gespräch mit mir pflegte er abschätzig über Grundwasser als Qualität zweiter Ordnung zu reden. Ich erinnerte ihn einmal an die Möglichkeit, in einer Bergstadt Quellwasser zu inspizieren, aber er verwahrte sich gegen diesen Hinweis, er unterstrich, er habe Frau und Kinder, er zog seine

Brieftasche hervor und entnahm ihr das Lichtbild seiner Familie, gleichzeitig setzte er sich von jenen Inspektoren der Frischwasserversorgung ab, die auf Seen und Flüsse angewiesen sind. Dabei wußte er genau: sein frisches Wasser war ohne chemischen Zusatz nicht denkbar.

Seine Einladung in die Berge erwiderte ich später, als ich zum Inspektor der Gesamtabwässer ernannt worden war. Ich legte ihm dar, es gehe mir nicht um Quellen, Quellen hätten mich nie neugierig gemacht. Zudem hätte ich ihm an Quellen nichts zu bieten gehabt; denn die Orte, an denen das Abwasser entspringt, sind die des Alltags. Nicht daß ich die Quellen der Abwässer verleugne, die Klosettschüsseln und Bidets, die Badewannen und die Schüttsteine, die Dolen und die Ausflüsse. Aber nicht der Ursprung ist meine Sorge, sondern wohin ich es leite.

Dabei hatte ich ihm damals auf seiner Bergwanderung geholfen, eine Quelle zu finden, als die seine versagte. Ich prüfte die Formation des Gebirges; ich suchte, bis ich einen Aufschluß fand. Ich bemerkte eine Verwerfung: Schichten, die einst zusammengehört hatten, waren zerrissen; die Sprunghöhe war ersichtlich und zu berechnen. Eine Schicht setzte aus an einer Bruchstelle, an der gleichen Bruchstelle setzte sie sich fort, tiefer gefallen, sie hatte einem Stoß der Erde gehorcht. Der Wahrscheinlichkeit nach fand sich unten an der Bruchspalte eine Quelle; ich hoffte es für Dietrich, und wir fanden Wasser. Ich bot ihm anstelle seiner Lieblingsquelle eine Verwerfungsquelle.

Wir hockten an diesem Wasser. Dietrich hatte den Rucksack abgelegt; er knöpfte sein Hemd auf und wischte sich den Schweiß unter den Achseln. Als er die Bändel an seinen Bergschuhen gelöst hatte, zog er sie aus und stellte sie als Paar neben sich, stopfte die Socken hinein und hielt seine Füße ins Wasser. Die Kälte versetzte ihm einen Schlag, der Schock löste in ihm Begeisterung aus. »Wie klar und rein das Wasser ist!« rief er voll Entzücken. Dietrich hatte mit seinen Füßen Sand aufgewühlt. Eine Armlänge tiefer saß ich, bachabwärts, und sah in das Wasser. Ich hielt meine Hand als Rechen hinein; wenn auch kaum bemerkbar siebten meine Finger die milchigen Wolken, die hinter Dietrichs Knöchel aufstiegen, und zwischen den Fingern hielt ich einige Körner zurück. Ich überlegte, daß es ein leichtes sei, frisches Wasser zu trüben – wie aber macht man aus unreinem Wasser sauberes?

Damals verstand ich noch nicht viel von dem Betrieb einer Kläranlage. Zum Besuch dieser Einrichtung hatte ich Dietrich eingeladen. Die natürliche Reinigung unserer städtischen Abwässer war schon längst nicht mehr genügend; unsere Stadt bedurfte der Kunst: auf biologische und mechanische Weise sollte die Reinigung ermöglicht werden. In die Anfangszeit meines Inspektorates fiel die Einweihung der Kläranlage, ein Unternehmen, das manchen Nachtragskredit erforderte. Ich lud Dietrich ein, dabei zu sein, wenn ich zum erstenmal den Doppelkettenschieber betätigte und sich zum erstenmal die Kloake unserer Gesellschaft im Vorklärbecken sammelte. Doch er entschuldigte sich. Er erschien erst zur feierlichen Einweihung. Das Rednerpult war vor dem Tropfkörper aufgebaut, entlang den Faulräumen standen die Bänke für die Gäste. Oleander in Kübeln verdeckten den Gasometer und das Zirkulationspumpwerk. Ein Vertreter der oberen Stadtbehörde dankte dem Volk, mir und den Arbeitern für diese Etappe in der Sanierung unserer Gesellschaft. Ich dankte dem Volk, der oberen Stadtbehörde, den Arbeitern und zuletzt, wenn auch nicht als letztem, meinem engen Mitarbeiter, dem Ingenieur. Dann wurde dem Manne das Wort übergeben, der die Firma leitete, welche die Kläranlage gebaut hatte; diese Firma hatte auch alle Vorkehrungen getroffen für die feierliche Einweihung unserer Anlage. Der Direktor hielt den Festvortrag »Vom Himmel kommt es, zum Himmel steigt es«. Er begann mit den Abzugskanälen der Alten Griechen, denen schon die Babylonier vorangegangen waren, die bereits genormte Wasserrohre kannten; dann schlug er den Bogen zur zeitgemäßen Schlammbehandlung und schloß die Betrachtung, indem er festhielt, daß ohne Wasser alle Räder stilleständen: vom Himmel kommt es, zum Himmel steigt es, dazwischen aber liegt die Kläranlage. Nach dem Applaus schritt man zur Besichtigung, geführt von dem Ingenieur und mir, in zwei Gruppen aufgeteilt, die sich beim Abfluß wieder fanden. Dort standen auf einem Silbertablett Gläser bereit. Der Ingenieur ließ sich eines reichen, füllte es mit Wasser aus der Kläranlage, hob es gegen die Sonne, um seine Reinheit zu zeigen, und trank es aus. Die Gäste klatschten. Da trat einer vom Frischwasseramt vor, den Dietrich zurückhalten wollte. Er verlangte ein Glas, betroffen schauten die anderen zu, wie er das ausgetrunkene Glas nochmals füllte und anbot. Da begeisterte sich die Menge, sie stürmte zum Ausfluß, man riß sich die Gläser aus der Hand, man trank, man schmeckte, man kostete, man jubilierte, man berauschte sich am geklärten Abwasser.

Nicht jedem Inspektor der Abwässer ist es vergönnt, eine Kläranlage zu bauen. Doch sollte die wirtschaftliche Entwicklung anhalten, sollte sich die Bevölkerung in gleichbleibendem Maße vermehren, dann wird mein Nachfolger in zehn bis fünfzehn Jahren eine neue Kläranlage bauen müssen, sofern er noch im Amt ist und nicht vorzeitig, sei es durch Tod oder andere Ereignisse – wie politische – seines Amtes enthoben ist. Der Bau einer Kläranlage ist ja zugleich ein kulturelles Ereignis. Ein Promille der Gesamtausgaben für einen öffentlichen Bau ist »für künstlerischen Schmuck abzuzweigen«, so lautete die anerkannte Forderung der »Vereinigten Bildenden Künstler und Architekten«. Da die Kläranlage das teuerste Unternehmen war, das in unserer Stadt je gebaut wurde, stand für die Kunst ein beachtlicher Betrag zur Verfügung. Nur, das aufregendste Kunstwerk ist nicht mehr zu sehen, auch wenn noch eine Zeitlang an der Stelle, an der es der Künstler aufgestellt und in Bewegung gesetzt hatte, der Rasen verbrannt war. Der Künstler hatte aus Rädern und Ketten, aus Speichen und Kuppelungen, aus Stangen und Bolzen, aus Federn, Treibriemen, Drähten und Schrauben eine Maschine gebaut. Zwei Abwasserleute ordnete ich ab, damit das Kunstwerk für die Einweihung termingerecht vollendet wurde. Es war eine Maschine, die sich selbst zerstörte, Funken sprühend, mit einem Benzinmotor ausgerüstet, am Ende eine Stichflamme erzeugend, die das Ganze schmolz. Gekrönt war die Maschine von einem Weidenkorb, aus dem sich eine weiße Friedenstaube hätte erheben sollen, doch der Wind jagte das Feuer zu früh nach oben, der Korb öffnete sich nicht, die Friedenstaube stieg nicht auf, sondern wurde gebraten. Der Tierschutzverein verklagte damals den Künstler; es entspann sich in unserer Stadt ein Streitgespräch über die Grenzen der Kunst. Doch die anderen Kunstwerke blieben erhalten. Vor dem Belüftungshaus steht eine überlebensgroße Plastik, aus Abfalleisen geschmiedet, geschmirgelt und poliert. An den Faulräumen wurden Reliefs angebracht, mit der Farbpistole auf Kunststoff gespritzt. Beim Eingang zum Gasometer sieht man eine Holzplastik, unter dem Bunsenbrenner geformt und gebräunt. Vor der Geberstation hängt ein Mobile, und in den Schalthallen des Hauptpumpwerkes ergänzt die »peinture 24« die »peinture 49«. Noch nie war die Öffentlichkeit mit einem Schlag in den Besitz von so viel Kunst gekommen wie durch das Abwasseramt; wir konnten sogar der Frischwasserversorgung einige Bilder abtreten. Meine Herren, ich kann Ihnen versichern, die Kunstwerke in der Kläranlage haben den Umsturz überstanden.

In dem Zusammenhang möchte ich eine Sache richtigstellen. Am Tropfkörper ist neben dem Einweihungsdatum mein Name eingemeißelt. Sicherlich tat ich alles, damit unsere Stadt zu einer Kläranlage kam. Aber das eigentliche Verdienst beim Bau der Kläranlage fällt meinem damaligen engsten Mitarbeiter zu, einem Ingenieur. Er besuchte nicht nur Abendkurse einer Fortbildungsschule wie ich, sondern war während sieben Jahren tagsüber in einer Höheren Schule Student gewesen. Nichts faszinierte mich so sehr, wie mit ihm durch die Kanalisation zu gehen und von ihm den Betrieb kommentiert zu hören; er sah auch dort Probleme, wo die Praxis völlig funktionierte. Ich war überzeugt, daß er zum Inspektor der Abwässer ernannt würde. Als ich hörte, daß er sich darum beworben hatte, gab ich jede Absicht auf, mit ihm zu konkurrieren. Doch auch zu seiner Überraschung wurde er nicht Inspektor. Ich hatte später die Gelegenheit, einmal in sein Dossier Einblick zu nehmen. Da las ich, mit Buntstift über seinem Gesuch geschrieben, »überqualifiziert«. Er ist meines Wissens seit Jahren im Ausland tätig.

Nicht ohne Absicht erzählte ich Ihnen so ausführlich vom einstigen Inspektor der Frischwasserzufuhr. Denn Dietrich wäre der Mann gewesen, der die Stelle hätte einnehmen können, die Sie mir statt des Abwasser-Inspektorates angeboten haben. Nicht nur, weil er im Leben für Aufstieg war, sondern weil es nun einmal Tradition im Wasseramt ist, daß der Inspektor der Frischwasserzufuhr das Amt für Wasserrecht und Gewässerschutz übernimmt. Es ehrt mich, meine Herren, daß Sie mir dieses hohe und durch den Umsturz verwaiste Amt anbieten.

Sie wissen es vielleicht nicht, meine Herren, aber mir wurde das Amt schon einmal angeboten. Der Mann, der das Amt für Wasserrecht und Gewässerschutz betreute, war es selber, der mir die Möglichkeit in Aussicht stellte, einmal sein Nachfolger zu werden. Er sprach sicherlich nicht mit der gleichen Kompetenz wie Sie. Aber immerhin stand ich schon einmal vor dieser Entscheidung; ich wehrte damals ab. Mein Vorgänger Nepomuk hatte mich gewarnt, daß an jeden Inspektor der Abwässer eines Tages die Versuchung tritt und daß seine Treue zu den Kanälen auf die Probe gestellt wird. Ich hatte damals »nein« gesagt. Nun war es leichter, damals »nein« zu sagen; es fand lediglich ein Nachtessen und kein Umsturz statt.

In einem Punkte folgte ich den jüngsten Ereignissen nicht ganz. Ich war selber dabei, als Ihre Leute in das Büro des früheren Leiters vom Amt für Wasserrecht und Gewässerschutz eindrangen, und ich sah, daß Ihre Leute diesem Leiter nichts antaten. Sondern Pfleglich sprang auf, stürzte, schlug mit der Stirne an die Kante seines Arbeitstisches, wollte sich aufstützen und zerschlug sich an der gleichen Profilkante seine Schläfe. Eine Schlagader wurde getroffen, und da ich wußte, wo die Notapotheke untergebracht war, eilte ich in den Gang hinaus. Trotz des Umsturzes waren in der Notapotheke noch alle Verbandpäcklein unangetastet. Ich legte um Pfleglichs Kopf einen Druckverband, benutzte seinen Brieföffner, um den Druck zu verstärken, indem ich den Brieföffner in den Verband einwickelte. Das Blut stoppte auch. Einer Ihrer Leute rief sogar vom Apparat des Gestürzten aus den Betriebsarzt an. Als dieser kam, stellte er fest, daß Pfleglich an einem Schock gestorben war. Seine Adern hatten sich geöffnet, das Blut war in alle Körperteile ausgewichen und hatte den Weg über das Herz geflohen. Nur verstehe ich nicht, weshalb es in den offiziellen Nachrichten hieß, Pfleglich sei auf der Flucht erschossen worden. Das ist eine lügenhafte Version, die Ihnen doch zum Nachteil gereicht. Oder sollte diese Version einfach glaubwürdiger sein als die Tatsache, daß Pfleglich in seinem eigenen Körper verblutete?

Ich kannte und schätzte diesen Mann. Ich freute mich

jedesmal, mit ihm in seinem Büro zusammenzusitzen. Seine Sekretärin bereitete mir zwar jede Schwierigkeit mich vorzulassen, und ich hoffe, mein Nachfolger wird sich so wenig wie ich von ihr abhalten lassen. Sie wird auch bei ihm die Nase rümpfen. Sie obliegt nicht nur dem Irrtum, sondern huldigt ihm, daß Abwasser stinkt. Hätte ich ihr den Irrtum nehmen sollen? Wozu ihr erklären, daß Abwasser kaum faulig riecht, solange es mit vorgeschriebener Geschwindigkeit fließt? Und daß die Abwässerkanäle mit Neigung gebaut werden, so daß das Abwasser erst zu stinken beginnt, wenn es stagniert? Daß dies aber ebenfalls für das Frischwasser zutrifft? Mein Nachfolger soll nicht überrascht sein, wenn sie das Fenster öffnet, betritt er das Vorzimmer. Wenn sie jemals die Augen geöffnet hätte, wüßte sie, daß die Arbeiter von der Abwasserabteilung stets rasiert und frisch gewaschen ihre Arbeit antreten und daß in ihren Baracken Duschen in Betrieb sind. Keiner der Abwasserleute erlaubte es sich, mit ungeputzten Schuhen oder unreinem Kragen oder sonstwie schmuddlig zu erscheinen. Aber die Sekretärin des Herrn vom Wasserrecht und vom Gewässerschutz schaut nicht, sie ist gläubig. Innerlich wird sie immer zum Inspektor der Frischwasserversorgung halten, in meinem Falle war es zu Dietrich. Beide waren auch in einer Vereinigung, welche die Wissenschaftlichkeit der Wünschelrutengänger nachweist. Sie wird auch meinem Nachfolger gestehen, daß ihr Verlobter, der kurz nach der Verlobung starb und dem sie seit zweiunddreißig Jahren und vier Monaten die Treue hält, Wünschelrutengänger gewesen sei. Von ihr erfuhr ich, daß die heutigen Wünschelrutengänger nicht nur Gabelzweige aus Weide, Haselnuß oder anderem elastischen Holz benutzen, das man mit Vorteil am Karfreitag bricht, sondern auch Aluminiumdrähte. Sie erzählte mir, sie hätte einmal mit ihrem einstigen Verlobten eine Wasserader gefunden. Sie seien über einen Schuttmantel spaziert, und da hätten sie eine Reizschwelle überschritten, rote Flecken seien im Gesicht ihres Freundes aufgetreten, seine Pupillen hätten sich verengt, und als sie nach seiner Hand gegriffen habe, habe sie einen gesteigerten Puls gespürt, und die Wünschelrute habe ausgeschlagen – im übrigen sage man nicht mehr »Rutengänger«, sondern »Wünschelrutenforscher«. Da diese Sekretärin leicht bucklig ist, hangen an ihrer Brust handgroße Broschen und Ketten wie vor einer Standuhr, als hoffte sie damit, das Gewicht nach vorne zu verlagern. Ich hegte stets den Verdacht, daß ihre Schulterblätter verkümmerte Flügel sind; sie huscht durch die Gänge; ihre Füße sind bodenscheu.

Die Sorge um den Herrn vom Wasserrecht und Gewässerschutz, an die sich Fräulein Sekretärin klammerte, war nicht ohne Grund. Denn Pfleglich war kränklich. Dreimal im Jahr fuhr er in die Kur, und dies, seitdem ich ihn kannte, seinen Andeutungen nach war er von Kindheit an kränklich gewesen. Er hatte den Stoffwechsel mit Bitterwasser zu fördern und hatte deswegen die Bitterquellen in der Umgebung von Budapest besucht. Wegen einer Gelenkversteifung hatte er in Bormio gebadet. Eine Erkrankung der Haut zwang ihn zu einem Aufenthalt in Screbenica und Dürkheim; er kannte den tintenhaften gaumenziehenden Geschmack der Stahlquellen; denn er hatte als Junge an Bleichsucht gelitten und war darum nach

Schwalbach und Muskau geschickt worden. Seine empfindlichen Atmungswege machten einen Besuch in Schinznach notwendig, und wegen eines Nierenleidens kannte er die erdigen Säuerlinge: kalt in Marienbad und warm in Paderborn. In Sorge um sein Herz, war er nach Franzensbad gereist, und die Salzsäuresekretion seines Magens wurde in Königswart durch die Richardquelle wiederhergestellt. Er war in Tobelbad und in Schlangenbad gewesen, in Salzbrunn und Warmbrunn. Seine Kränklichkeit hatte ihn bis zu den Pyrenäen geführt und bis in den Kaukasus. Er war im feinsten nordkaukasischen Bad, Kißlodowsk, zum Felsen »Schloß der Arglist« spaziert und hatte in der Landschaft um den südkaukasischen Badeort Borshom Ähnlichkeiten mit dem Schwarzwald entdeckt. Ferien und Reisen fielen für ihn mit seinen Kuren zusammen. Er hatte sich seine Sol- und Moorbäder selber ausgesucht. Er hatte unter den radioaktiven Quellen jene gewählt, die in einer Gegend lagen, die er noch nicht kannte, und war daher nach Plombières-les-Bains gefahren, und hatte sich für die Kochsalzwässer von Hall entschieden, da er nie in Oberösterreich gewesen war. Nun waren bei solchen Kuraufenthalten Ausflüge möglich. Er hatte von Vittel aus die Schlachtfelder von Verdun mit dem Bajonettengraben und dem Ehrenmal von Douaumont besucht. Er verdankte ergreifende Stunden der Villa Adriana, als er in Bagni di Tivoli weilte. Von Cauteret aus war er einmal nach Lourdes gefahren und hatte der abendlichen Lichterprozession und der Krankensegnung beigewohnt. Soweit barocke Schlösser und romanische Klöster, gotische Dome und Paläste der Renaissance im Tagesausflug von Kurorten aus erreichbar waren, soweit hatte Pfleglich sie aufgesucht. Aber nicht nur die nähere Umgebung der Heilbäder kannte er; sondern auch die Hinfahrten und Rückfahrten baute er aus. Er war wenige Tage in London geblieben, als er nach Bath fuhr, und als er nach Vichy mußte, wählte er den Weg über Paris, wo er sich aufhielt. Saß ich bei ihm im Büro, kamen wir immer wieder auf die Heilbäder zu sprechen. Dann erzählte er, wie einst die Militärkapelle den Kurgästen im Schloßpark von Teplitz aufspielte und daß in Luxeuil im Freischwimmbad noch gallorömische Säulen ständen. Der Herr vom Wasserrecht und vom Gewässerschutz kannte Europa von den Heilbädern aus: für jede Krankheit habe der Kontinent seinen Kurort gehabt. Mit Trauer sprach er davon, daß seit der Teilung Europas ihm die Hälfte der Heilbäder verschlossen war.

An Dietrichs Hochzeit hatte ich Pfleglich näher kennengelernt. Als Dietrich zum Inspektor der Frischwasser ernannt worden war, heiratete er kurz darauf. Ich war damals erst Oberwächter und beaufsichtigte zwei Kanalabschnitte. Niemandem hatte Dietrich seine Freundin vorgestellt. Er verlobte sich heimlich, man vermutete und munkelte, man schloß Wetten und spottete. Nach seiner Ernennung brachte er seine Verlobte für einen Rundgang in das Wasseramt, auch in die Abwasserabteilung. Zufällig hatte ich in einem Büro zu tun. Alle staunten, denn die Frau, die uns verheimlicht worden war, kannten wir alle: sie hatte uns mit weißen Zähnen aus Anzeigen entgegengelächelt, sie hatte auf Plakaten nahtlose Strümpfe übers Knie gezogen, sie hatte in Vorfilmen ihr Seidenhaar mit Shampoo gewaschen, wir wußten, welcher Marke Unterwäsche sie den Vorzug gab, sie hatte Ferien in Hotels verbracht, die eben erst eröffnet worden waren, wir hatten sie im Abendkleid gesehen und im Strandkostüm, sie hatte uns mit Fett und Öl vorgekocht, sie hatte Frühlingsmüdigkeiten überwunden. Wir hatten sie in so vielen Stellungen und Situationen gesehen, daß wir uns kaum an alle Einzelheiten erinnerten, wenn auch einer der Abwasserleute ihre Taillenweite wie ein Stoßgebet flüsterte. Ihr Parfüm verströmte orientalischen Duft. Sie trug ein pfauenblaues Kleid mit einem Muster wimpernloser gelber Augen. Die Bewunderer staunten, als seien sie von Blindheit geheilt. Lachend stand Raffaella da, einen Schal um ihren Hals geschlungen, die beiden Enden hingen auf ihren Rücken wie Seidenflügel. Als Botin und Verkünderin des erreichbar besseren Lebens lächelte sie vor uns, ein Erzengel der Reklame.

Dieser Frau werde ich morgen den Arm leihen, wenn sie zum Grabe ihres Mannes geht. Ich sehe sie noch vor mir an ihrem Hochzeitstage; unter dem Brautschleier schaute eine Locke hervor, die einen modischen Schimmer trug. Morgen wird ihr Schleier schwarz sein. Ich zweifle, ob ihr Trauerkleid ein Modell sein wird. Ich werde wohl eines der drei Mädchen an der Hand halten. Ich traf die drei oft, wenn sie ihren Vater abholten. Dann saßen sie vor dem Portierhäuschen auf der Bank, alle drei im Flügelkleid, weiß wie frischer Gips, zerbrechliche Putten, die aus einem Himmel von Stuck auf eine Erde aus Staub herniederflogen. Morgen werden die Haarschleifen der Mädchen schwarz sein.

Bei Dietrichs Hochzeit hatten Pfleglich und ich nebeneinander gesessen. Es war ein Irrtum. Der Wirt hatte für Pfleglichs Frau eine Tischkarte geschrieben; so wäre dieser Platz frei geblieben, hätte mich der Herr vom Wasserrecht und vom Gewässerschutz nicht aufgefordert, neben ihm Platz zu nehmen. Dietrich erschrak, als er mich, einen Mann vom Abwasser, am Ehrentisch sah. Er stahl sich zu mir und entschuldigte sich, daß er mich nicht aufgefordert hatte, Trauzeuge zu sein; und dann bedankte er sich für das Hochzeitsgeschenk. Ich hatte dem jungen Paar einen Stich zur Hochzeit vermacht: eine Ansicht der Campagna, mit einem Aquädukt in der Mitte, einem vielgliedrigen Triumphbogen, der den Sieg über das Wasser verloren hatte. Mit Büschen bestanden und Gras überwachsen, ruhte der Aquädukt in der Landschaft, abgebrochen gegen die Hügel hin und ohne Verbindung zur Ewigen Stadt.

Man reichte uns Aal. Pfleglich sagte, indem er die Haut löste, sie sei hornig wie der Lebenswille dieser Raubfische. Man sehe sich nur einmal auf dem Markt nach Aalen um; nicht nach den kleineren, die sich im Kübel drehen, sondern nach den größeren, die auf dem Markttisch ausgebreitet sind; sie beugen und biegen sich, sie schlagen gegeneinander aus, um Halt zu suchen, aber sie gleiten aneinander ab mit ihrer glatten Haut. Selbst wenn die Händler zwischen zwei getätigten Verkäufen ihnen mit einem Rundschnitt hinter dem Kopf die Haut bis zum Schwanz abziehen, winden sie sich noch; geschunden und gehäutet, tänzeln sie vor Wut in den Tod, verloren in einem Licht, das sie flohen. Daß sie manchmal auf ihren Wanderungen über Land gehen, sei ein Märchen; noch habe es kein Fischer bezeugt. Aber sie wandern. Zu Zehntausenden ziehen sie daher. Es gibt Flußbewohner, die verfolgen während drei Tagen den nie unterbrochenen Zug der Aale. Aufwärts ziehen sie zu den Quellen. Im Salz werden sie geboren, draußen im Atlantik hinter den Azoren, tief in der See. Unerforscht ist ihre Zeugung und ihre Geburt. Als Kinder kommen sie an die Ufer des Meeres, licht und glasklar, dem Aal so unähnlich, daß man lange für eine Gattung nahm, was eine Stufe darstellt. Bis sie dann die Flüsse hinaufschwimmen, sich streng an das Ufer haltend, jeder Windung und Biegung nachgebend, dicht gedrängt, was den Fang begünstigt, aber zu viele, als daß nicht einige davonkämen. Wo die Flüsse sich vereinen, trennen sie sich. Da geht ein Teil die Nebenflüsse hinauf; aber immer trotzen einige dem Einfluß des Hauptstromes, aufwärts wollen sie, bis sie den Ort finden, wo sie sieben Jahre im süßen Wasser herbergen. Dann brechen sie wieder auf, klug geworden ob den verlorenen Brüdern und Schwestern, kehren sie nachts zurück, bei Sturm und Regen, wenn der Wind den Fischer fern hält, durch Mündung und Schleusen abwärts, reif für das Geschlecht und hungrig nach Salz, sammeln sie sich im Strom zum Strom und ergießen sich in das Meer, um draußen hinter den Azoren in die Tiefe zu tauchen.

Nie hätte man Pfleglich bei solchen Ausführungen unterbrochen. Als er geendet hatte, erhob ich mich und verließ die Hochzeitsgesellschaft. Er blickte mich fragend an, und ich gestand, ich ertrüge den Kerzenduft nicht; mich hatte Sehnsucht nach einer Kanalwand mit einer nackten Glühbirne überfallen. Man hielt Hochzeit an einem Wallfahrtsort gutbürgerlicher Küche; die gesättigten Pilger zündeten ihre Zigaretten und Zigarren an den Kerzen an. Ich schlenderte vor das Bauernhaus, den Ställen entlang, die als Garagen dienten. Da vernahm ich ein Knarren und Stöhnen; der Ton führte mich zu einem Mühlrad. Es war ein unterschlächtiges Rad; ich suchte das Wasser, es rinselte und blieb weit unter der Schaufel. Da suchte mein Blick aufwärts, stieg an einem Stauwehr hoch und bemerkte am anderen Ufer eine weiße Linie, einen Kanal; seinetwegen wurde die Mühle nicht mehr bedient. Dietrich stand allein neben dem Rad und setzte es in Bewegung. Erschrocken, noch einmal gebraucht zu werden, drehte es sich. Mit beiden Händen griff der Bräutigam in die Speichen, als wären es Saiten, und sein Instrument schaufelte Luft um Luft.

Erst Jahre danach sprach ich mit Pfleglich wieder vertrauter. Außerhalb des Dienstes, obwohl es meinen Dienst betraf. Als ich zum Inspektor der Abwässer ernannt worden war, fragte er mich, wo und mit wem ich die Ernennung feiere; da ich um Antwort verlegen war, lud er mich zu sich ein. Jener Abend mag dann dazu beigetragen haben, daß ich Pfleglichs Vertrauter wurde. Ich möchte dies erwähnen, weil es ein Beweis dafür ist, daß man auch als Inspektor der Abwässer mit dem Leiter des Amtes für Wasserrecht und Gewässerschutz gut auskommen kann. Sein Vertrauen zu mir erregte Anstoß. Es war immer so gewesen, daß ein Mann in Pfleglichs Stellung neutral gewesen war. Damit meinte man, daß er mit dem Inspektor der Abwässer nicht unkorrekt sei und mit dem Inspektor der Frischwasserversorgung herzlich. Nicht daß Pfleglich und ich je herzlich zueinander gestanden hätten. Aber an jenem Abend wurde ich in ein Geheimnis eingeweiht. Ich wußte wohl als einziger im ganzen Wasseramt, daß Pfleglich einen Sohn hat, der im Keller seines Einfamilienhauses am Stadtrand lebte. Als ich nach dem Essen aufstand, um mich zu verabschieden, da öffnete sich eine Türe und ein Mann in meinem Alter trat heraus. Er trug eine grüne Gärtnerschürze, auf der Sandspuren zu erkennen waren; in der einen Hand hielt er ein Kinderschäufelchen. Er sagte zu Pfleglich: »Komm schauen!« Pfleglich sah nach der Garderobe, an der mein Mantel hing; ich griff danach; doch da wandte sich der Neue an mich und bat: »Auch kommen. Ich habe einen Fjord gebaut.« Erst da bemerkte ich, daß der Mann eine Treppe heraufgestiegen war. Pfleglich stellte mir seinen Sohn vor. Der Kellerraum war weiß getüncht; an die Decke waren Neon-Rohre gespannt, und im Raum waren Sandkästen aufgestellt. Pfleglichs Sohn führte uns an einen dieser Sandkästen. Er wies auf die Küste hin, die erkennbar ertrunkene Trogtäler und Wannen aufwies. Dann eilte Pfleglichs Sohn an einen Tisch, wühlte unter Ansichtskarten, Photos und Seiten, die aus Illustrierten herausgerissen waren, und brachte ein Bild, das Modell für seinen Fjord im Sandkasten. Ich sah mich um. In allen Sandkästen erblickte ich Landschaften. Da waren Terrassen und Tobel, Schluchten und Cañons; da war die Abreißnische bei einem Bergsturz zu erkennen und Felsenburgen, Blockströme zogen sich hin, die Traufen standen bei den Terrassen in den Himmel, Pilzfelsen wuchsen auf den Bergen, und Windtische hoben sich ab, die Kleinreliefs von Runsen, Furchen und Schratten erinnerten an Spülrinnen; kesselförmige Krater lösten Schildberge ab. Da bemerkte ich ein Delta, und mir fiel auf, daß kein Wasser zu sehen war in diesen Landschaften. Wo Bäche sich ihr Bett gruben und Seen sich in Landschaften fügten und wo das Meer gegen das Land vorstieß und Riffe bildete und wo das Meer zurückgedrängt wurde, da war Glas zu sehen. Mir fiel auf, daß es keine rote und keine gelbe, keine braune und keine bleiche Erde gab, daß alles Grün fehlte und keine Siedlung zu sehen war. Diese Landschaften waren nicht nur durch Abtragung und durch Verwitterung entstanden, da hatten nicht der Frost und nicht Pflanzen gesprengt, da waren nicht das strömende Eis und das fließende Wasser tätig gewesen, da hatte die Brandung nicht gewirkt und der Wind nicht geschafft, da hatten keine Vulkane mitgeformt; alles hatte Pfleglichs Sohn selber gemacht. Er stand da und hielt ein Schäufelchen und sagte verlegen, als ich ihn anblickte: »Selber machen, nur schöner.«

Ich war mit Pfleglich allein nach oben gestiegen; unter der Türe brach er sein Schweigen: es habe begonnen, als er den Jungen in die Kleinkinderschule schickte. Er habe sich nicht mehr vom Sandkasten entfernt. Er wollte nichts lernen und nichts wissen, er wollte nur Sandkästen haben. Er habe seine Mutter nie gesehen. Sie wollte eine Heirat erzwingen und habe deshalb dieses Kind empfangen. Als er aber einwilligte, für das Kind aufzukommen, doch nicht zu heiraten, habe sie ihm den Sohn gelassen. Sie warf ihm bis zu ihrem Tode in Briefen und am Telephon vor, daß sie ihr Kind seit der Geburt nicht mehr gesehen habe. Er erfand für seinen Sohn eine Biographie. Er erfand zunächst Kinderkrankheiten, die er nie gehabt hatte, da er ein gesundes Kind war. Dann erfand er Schulen, in die er seinen Sohn steckte. Er berichtete der Mutter, die einst seine Geliebte war, über die Fortschritte ihres Sohnes. Er ließ den Sohn sogar ein Jahr wiederholen. Doch gewährte er ihm eine Bildung, die Neid erweckte. Er schrieb alle Briefe ab, da er es haßte, auf der Maschine zu tippen. Er brauchte Unterlagen über den Lebenslauf, den er für seinen Sohn erfand, um folgerichtig fortfahren zu können. Er hatte der Mutter, die einst seine Geliebte gewesen war, in zwei Briefen, die einander kurz folgten, mitgeteilt, ihr gemeinsames Kind habe sich beim Fußballspielen ein Bein gebrochen, und darauf, er habe beim Schwimmen einen Preis davongetragen. Das machte die Mutter stutzig. Deswegen besaß Pfleglich seit dem zehnten Lebensjahr seines Sohnes dessen ganzes Leben in Abschriften, die er in einer Schatulle aufbewahrte. Manchmal las er darin. Er wunderte sich selber, daß er ihn einmal in ein Priesterseminar schickte; die Mutter, die einst seine Geliebte war, protestierte; sie wollte einen Sohn mit Nachkommen haben. So ließ er ihn wegen disziplinarischer Vergehen von der Schule weisen und schickte ihn auf eine Technische Hochschule. Doch nahm er ihn wieder von der Hochschule und immatrikulierte ihn an einer Universität, wo er die Rechte studieren sollte. Er erfand für ihn Tanzstunden und das erste Rendez-vous und ließ seinen Sohn ein entzückendes Mädchen kennenlernen. Doch dann starb die Mutter, die einst seine Geliebte gewesen war, im Kindbett als Mutter eines anderen Sohnes und Frau eines anderen Mannes. Seither schrieb Pfleglich keine Briefe mehr; seither baute sein Sohn im Keller ohne Lebenslauf seine Landschaften.

Dieser Abend hatte uns nähergebracht, was nicht unangenehme Folgen hatte. Pfleglich bat mich, ihn einmal ins Ausland zu begleiten. Das war noch, bevor das ISI (International Sewage Institute) gegründet worden war. Wir gingen zusammen an eine Konferenz über gewerbliche Abwässer. Auch die Abwässer haben ihre Geschichte. Nicht jede Epoche erzeugt die gleichen Abwässer wie die vorangehende. Und die Industrialisierung bringt neue Probleme. Man muß nur einmal sehen, wie das Abwasser in den Kanälen schäumt, wenn ihm synthetische Waschmittel beigefügt werden. Unser Lüftungsbecken leidet unter dieser lästigen Schaumwirkung, die nur durch Bespritzen mit Wasser zu verhindern ist. Und dann wird sich auch für uns eines Tages das Problem des radioaktiven Abwassers stellen, sobald auch wir einmal mit der Atomenergie-Erzeugung beginnen sollten, was wohl nicht mehr aufzuhalten ist. An einer Tagung über Wegschaffen der radioaktiven Abwässer nahm ich mit Pfleglich teil. Man muß diesem Abwasser Raum und Zeit geben, um die schädlichen Eigenschaften zu verlieren, wobei ich denke, daß bei uns das Versenken in trockenen Brunnen am ehesten in Frage kommt. Der japanische Delegierte, der die USA vertrat, sprach über die Wirkung radioaktiven Abwassers und dessen Beseitigung. Er zeigte uns in Lichtbildern, wie man das radioaktive Abwasser in Betonbehältern aufspeichert und dann ins Meer versenkt. Aufregend war vor allem sein Vorschlag, man solle diese radioaktiven Abwässer in den Weltraum hinausschießen. Das wird vielleicht mein Nachfolger erleben; dann kreisen um unsere Erde mit Abwasser gefüllte Raketen.

Diese Reisen ins Ausland wurden nicht zu privatem Vergnügen mißbraucht, wie von gewissen Leuten angedeutet wurde. An keiner Sitzung fehlten wir, und wir lasen alle Protokolle durch. Aber wer sollte uns hindern, Dinge zu sehen, die man hier bei uns kaum vor Augen bekommt? Das Tagungskomitee hatte einen freien Abend programmiert. Pfleglich und ich schlenderten durch die wiederaufgebaute Hauptstraße. Da blieb Pfleglich vor einem Schaukasten stehen. Auf Photos waren nackte Frauen ausgestellt, mit papageienbunten Federchen die Brüste und das Geschlecht überklebt, ein Ventilator machte die Federchen zittern. Lächelnd stand Pfleglich davor; ich folgte seinen Augen, bis sie stehenblieben: Lili, die Levantinerin. Unter ihrem Namen waren die Städte aufgezählt, in denen sie bisher aufgetreten war; sie war in der ganzen Welt aufgetreten. Pfleglich fragte mich mit erhobenen Brauen, und ich nickte. Man nannte uns »gentlemen«, als wir eintraten. Tiefblauer Himmel umfing uns in diesem Etablissement. Durch sternförmige Löcher in den Seidenbahnen flimmerte das Firmament, und über der Bar sammelten sich die Sterne zur Milchstraße, die sich hinter der Flaschenwand verlor. An einem Silberfaden hing ein reflektierender Mond. Jede der vier Wände war einer Himmelsrichtung vorbehalten: im Norden, wo sich der Artisteneingang befand, türmten sich Gletscher, im Meer schwamm Treibeis; im Süden erstreckte sich eine Wüste, eine Strohhütte am Rand, die Speere konnten als Kleiderträger benutzt werden; im Osten ging die Sonne auf über einer Steppe, und im Westen ging sie über Wolkenkratzern unter. In der Mitte des Etablissements befand sich die runde Tanzfläche; in sie war ein Kompaß-Stern eingelegt, schwarze Intarsien auf einem hellen Grund. Diese Tanzfläche schraubte sich in die Höhe, und mit der Tanzfläche drehte sich auch der Kompaß-Stern. Da die Kompaßnadel ebenfalls eingelegt war, um die Tanzenden nicht zu hindern, fuhr sie alle Himmelsrichtungen ab. War die Musik zu Ende, blieb die Kompaßnadel stehen, dort war Norden; die Gäste saßen ein paar Windstriche auseinander.

Der Südamerikaner blies in die Trompete. Er ging in die Knie, die Flügel seines Frackes stäubten den Boden; er trat ans Mikrophon und verkündete: Lili, die Levantinerin, in ihrer Halbweltnummer »Vom Nordpol zum Äquator«. Aus dem Artisteneinang trottete ein Eisbär, zottig, auf zwei Beinen, einen Pappfisch im Munde, die Gäste mit den Tatzen grüßend. Die Kastagnetten klapperten, die Gefäßrasseln schlotterten; es schauderte den Eisbär auf der Tanzfläche. Er rieb sich seine Pfoten am Körper, patschig und zahm, er begann zu schwimmen, ein Bein ausgestreckt, dabei verlor er sein Fell. Schlegel hüpften über das Membran der Trommel, der Stimmbock zitterte, der Kniebügel preßte sich an. Dem Eisbärenfell entstieg ein Matrosenmädchen in einem weißen, plissierten Rock; rhythmisch stampfte es auf mit den Stöckelschuhen, winkelte den Arm, legte die flache Hand an ihre Matrosenmütze, auf der »Kopenhagen« stand. Die Trompete stieß die Röhre in die Höhe, den Schallbecher weit geöffnet, und das Ventil gab sich den Fingerspitzen hin. Da blieb das Soldatenmädchen stehen, wackelte mit den Hüften und verlor den Rock. Hosen aus Hirschleder zeigten zarte

Beine. Der Balg der Ziehharmonika ließ sich auseinander-
ziehen und zusammendrücken; die Durchschlagszungen
im Inneren wurden in Schwingung gebracht. Lili kra-
xelte, die Knie bis zum Busen gestemmt, kletterte sie
höher und höher, mühsam, doch tapfer, und als sie oben
war, warf sie einen Jodel ins Publikum, warf Schuhe und
Leibchen ins Tal hinunter und löste die Hirschlederhose.
Die Saiten auf dem Resonanzkörper wurden gezupft. Die
Seidenstrümpfe rollten sich zu gebauschten Ringen an
ihren Knöcheln, und Lili schenkte die beiden Ringe zwei
männlichen Gästen. Sie stand im Bikini da und streckte die
Arme nach der Wärme des Scheinwerfers aus. Der Südamerikaner sang am Mikrophon, daß in Capri die Tage
schön sind. Lili stützte sich an eine Stuhllehne, spreizte die
Beine und sank in den Spagat. Im Klavier zuckten fe-
dernde Hämmerchen, sprangen zurück, kaum hatten sie
die Saiten berührt und ließen sie frei schwingen. Lili lehnte
sich zurück, baute mit den Armen eine Brücke. Da löste
sich der Büstenhalter; die beiden Brüste hielten ihre Form.
Sie lief auf ihren beiden Händen und auf ihren beiden
Füßen. Dann erhob sie sich; sie gab Gegengewicht, indem
sie die Oberschenkel verlagerte, und als sie aufrecht stand,
legte sie verschämt ihre Hände vor die Brüste, deckte sie
nicht ganz und deckte sie immer an neuer Stelle und kam
dadurch in einen Wirbel, die Trommel wirbelte mit, der
Bauch begann zu rollen, die Klarinette stieß vor, der Na-
bel kreiste, das Messing blitzte auf, die Hände spannten
sich den Rippen entlang, die Klappen hüpften, die Lenden
drängten sich, zwei Becken schlugen aneinander, die Finger trommelten auf das Gesäß, die Tierhaut wurde ange-

schlagen, die Hand rückte vor, die Lippen um das Mundstück gepreßt, Stöße, Schreie, Schamtuch, Griffloch und Äquator. Als das Firmament aufflammte, bemerkte Pfleglich: »Wie am ersten Tag«, und verlangte die Rechnung.

Das Vertrauen, das Pfleglich zu mir gefaßt hatte, und die Unterstützung, die er mir offensichtlich angedeihen ließ, überraschten nicht zuletzt mich selbst. Denn an dem Abend, an dem wir meine Ernennung feierten und an dem ich seinen Sohn kennenlernte, hatten wir ein spitzes Gespräch geführt. Begonnen hatte es harmlos, indem ich noch einmal auf meine Person aufmerksam machte. Ich wollte eine Szene wie die auf dem Frischwasseramt vermeiden, als man mir klipp und klar bewies, ich hätte das Frischwasser über meine Person im unklaren gelassen. Doch Pfleglich ging überhaupt nicht auf solche Gedanken ein. Er sagte, er werde es noch einige Jahre tun, dann werde es bei seinen Beziehungen möglich sein, über die Pensionierungsgrenze hinaus noch einige Zeit im Amt zu bleiben, bevor er sich der vertraglich festgelegten Altersruhe zu unterziehen habe, und er fügte bei, er brauche einen Nachfolger. Ohne zu zögern, nannte ich damals Dietrichs Namen. Pfleglich fragte mich: »Und wie stände es mit Ihnen?« – »Nein«, sagte ich. »Sie fühlen sich nicht würdig?« – »Ich bleibe bei den Abwässern.« – »Haben Sie Angst vor Fehlern?« – »Mehr vor denen der andern.« – »Leiter des Wasserrechtes, das bedeutet Rang.« – »Wozu Rang, wenn ich Macht verliere?« Da wurde Pfleglich scharf: »Das ist bloße Teufelsklugheit.« Da ich ihn herauslocken wollte, blieb ich stumm. »Das ist Teufelsmanier, die zweithöchste Stelle einzunehmen, Einfluß auszuüben, die letzte Verantwortung aber nach oben abgeben.«

Pfleglichs Anfrage bewies um so mehr Vertrauen, als damals von unbekannter Seite gegen meine Ernennung opponiert wurde. Immer wieder gab es Vorstöße, und jeder Inspektor muß damit rechnen, daß die Industrie sich über ihn beklagt. Ich bin nicht in der Lage anzugeben, welcher Industrielle damals auf meine Entlassung hin arbeitete. Es ist ein Grundirrtum mancher Wirtschaftskreise, zu meinen, wir Abwässermänner seien feindlich gegen sie eingestellt. Wir sind grundsätzlich bereit, gewerbliche und industrielle Abwässer in unser städtisches Kanalisationsnetz aufzunehmen, zumal ein wesentlicher Teil der Industrieabwässer erst dann genügend und mit geringen Kosten gereinigt werden kann, wenn es mit häuslichem Abwasser gemischt wird. Wir berücksichtigen beim Bau unserer Kläranlage die Gewerbe und Industrien. Wir stützen uns dabei auf statistische Tabellen. Aus denen geht hervor: man muß auf einen getöteten Ochsen im Schlachthof fünfzig bis zweihundert Personen einsetzen, was anderseits wiederum einer Abwassererzeugung von zweieinhalb Schweinen gleichkommt. Man geht bei diesen Aufstellungen vom Menschen aus. Bei Gerbereien zum Beispiel entspricht einer Tonne Häute ein Einsatz von tausend bis viertausend Personen. Wir rechnen pro Tonne. So schwankt der Gegenwert zu einer Tonne Flachsstroh zwischen siebenhundertfünfzig und tausendeinhundertfünfzig Personen. Die Verschmutzung gewerblicher und industrieller Abwässer wird in Einwohnergleichheiten ausgedrückt: eine Tonne Rüben ist so ernst zu nehmen wie hundertzwanzig bis vierhundert Personen. Das sind amerikanische Feststellungen, die auf Beobachtung und Erfahrung beruhen. Es versteht sich, daß man bei einer solchen Aufstellung mit einem normalabwassererzeugenden Einwohner rechnet.

Es wunderte mich allerdings, daß unter den Industriellen, die eine geheime Front gegen mich bildeten, auch ein Brauereibesitzer war. Denn in einer leistungsfähigen Brauerei werden aus den Abwässern alle wieder faßbaren Stoffe zurückgewonnen und verwertet, so daß das Endabwasser in einer Weise verdünnt ist, daß wir es ohne weiteres in das städtische Entwässerungsnetz aufnehmen können. Aber wir müssen uns vor Giften hüten, welche die biologische Reinigung und die Zersetzung des Schlammes stören. Nie wehrte ich mich dagegen, daß die Industrien ihre Abwässer wie Regenwasser, ihre menschlichen Abwässer und Kühlwässer, alle jene Abwässer, die nicht stark verschmutzt sind, in das allgemeine Kanalnetz leiten. Aber in manchen Fällen hat man auf das allgemeine Kanalisationsnetz Rücksicht zu nehmen, und die Industrien sind anzuhalten, daß sie private Klärwerke bauen. Einen Inspektor der Abwässer zu entlassen, löst das Problem nicht. Ich war froh, daß der letzte Winter sehr kalt war und unser Fluß an den Ufern gefror. Das Eis war nicht weißlich-blau, sondern gelb und rot. Da war es offensichtlich, daß die chemische Industrie unseren Fluß verseucht. Ich bin nach wie vor der Meinung: es ist ein Unsinn, Kopfwehtabletten herzustellen und dann die Gewässer zu verseuchen, selbst wenn man Arzneimittel gegen Fieber und Infektionen herstellt.

Die Auseinandersetzung mit den Ferter-Werken steht noch bevor, und es wird wohl mein Nachfolger sein, der diesen Kampf durchzustehen hat. In meiner obersten Schreibtischschublade liegen die Akten, vor allem sind die Photos wichtig, weil auf ihnen zu sehen ist, wie tote Fische haufenweise in den verseuchten Bach mit der Strömung treiben. Die Aufnahmen gehören den Sonntagsfischern, die gebüßt worden sind, weil sie ohne Patent fischten, aber von ihnen haben wir erfahren, daß die Ferter-Werke ihre Abwässer ungeklärt in den Bach laufen lassen, so daß ein großes Fischsterben begann. Das ist umso verwunderlicher, da diese Firma beim Bau unseres öffentlichen Klärwerkes zu äußerst günstigen Bedingungen mitgearbeitet hatte. Die Firma mußte damit rechnen, daß es auffiel, als sie die Fischerei-Patente auf Jahre hinaus erwarb; sie hoffte auf diese Weise das Fischsterben zu verheimlichen, aber die Fische selbst klagten an mit ihren geöffneten Kiemen und glotzenden Augen. An ihrem Massentod ändert der Streit nicht, ob die Verschmutzung dieses Gewässers in den Aufgabenbereich eines städtischen Abwasserinspektors gehört oder nicht.

Solche Angriffe sind nicht zu vermeiden; sie haben nichts mit der Person eines Abwassermannes zu tun, obwohl man dem lauten Streit ausweichen kann. Man zieht sich am besten zurück und nimmt keine Einladungen an. Eine gewisse Taubheit ist nicht ungeschickt, vor allem, wenn man den Satz hört, früher sei es auch ohne Kanalisation gegangen. Es wäre falsch, sich in dem Punkt auf eine Diskussion einzulassen. Sicherlich, ich tat es auch schon; was will man, wenn plötzlich ein berühmter Wirtschaftsbaron im Büro auftaucht, an die bereits geöffnete Türe anklopfend, einem erlaubt, ruhig Platz zu behalten, dann den Vorwurf macht, man sei kanalstur und abwassertoll. Wenn mein Nachfolger hören sollte, man behaupte von ihm, er sei zersetzend, dann soll er auf die Bemerkung mit einem kurzen Exposé antworten: über die technischen Schwierigkeiten, Schlamm zu zersetzen.

Diesen Angriffen von außen ist leicht beizukommen, da man sich zurückziehen kann – im Notfall sogar einfach in die Kanäle hinuntersteigt, dahin folgen sie einem nicht so rasch. Schwieriger sind die internen Zwiste, die Spannungen, die sich zu den anderen Ämtern ergeben. Da ist in erster Linie das Straßenbauamt zu nennen, jedenfalls, wenn es einen Vorsteher hat wie denjenigen, mit dem ich amtlich zu tun hatte. Im Grunde haben wir von der Kanalisation jedes Interesse, daß die Straßenoberfläche in Ordnung ist; denn Schlaglöcher bewirken eine Erschütterung, die unseren Rohren schädlich ist. Aber es ist lächerlich, wenn der Leiter des Straßenbauamtes sich darüber aufregt, daß er in der Straßenoberfläche immer in regelmäßigen Abständen Platz aussparen muß für die Einstiege in die Kanalisation. Am liebsten hätte er glatte, nie unterbrochene Oberflächen und würde uns von der Kanalisation am liebsten ein- für allemal unter den Boden schicken und in der Zwischenzeit die Ausstiege zumauern ... Ich sagte ihm einmal, daß wir von den Abwässern nicht den Menschen geschaffen haben, sondern daß wir ihn in Kauf nehmen trotz seiner Verdauung. Sollen sie doch Autobahnen bauen, Straßen, die weit weg sind von menschlichen Behausungen, wo es genügt, daß sich die Straße wölbt, damit das Regenwasser abfließt. Aber solange sie Straßen bauen wollen, an denen Häuser stehen, und solange Menschen in diesen Häusern wohnen, werden sie auch Einstiege in die Kanalisation bauen müssen, ob sie die Abwässer mögen oder nicht. Es ist ausgeschlossen, zwischen den einzelnen Einstiegen einen größeren Abstand als den bisher üblichen zu wählen. Bei jeder Einmündung einer Nebenleitung in eine Hauptleitung ist ein Schacht anzuordnen. Nur schon wegen der Durchlüftung. Und des fernern können wir nicht von einer Schlupfweite von fünfundsechzig Zentimetern abgehen; das ist ein Minimum; darauf muß ich beharren. Das Reinigungspersonal braucht genügend Arbeitsraum und einen erleichterten Fluchtweg bei aufkommender Gefahr; das hat, meine Herren, noch nichts mit einem Umsturz zu tun.

Entschuldigen Sie, daß ich heftig werde, wenn ich vom Straßenbau rede. Aber meine Nase ärgert sich schon, wenn sie irgendwo die Kessel spürt, in denen Teerklötze zu Brei gekocht werden, den dann die Arbeiter vom Straßenbau, in Knieschonern, mit einem Holzrechen auf den gesplitteten Boden streichen. Als Kind liebte ich diese Öfen; nach Arbeitsschluß wagten wir uns auf den frischen Teerbelag. Wir stellten uns darauf und drückten mit unserem Gewicht unsere Spuren ein. Diese Öfen werden immer seltener, da man aus guten Gründen nicht mehr Teer, sondern Bitumen verwendet. Den beziehen sie aus der Fabrik, es fahren die Lastwagen an, auf denen unter schmierigen Tüchern das Produkt liegt. Ehrlich geschrieben: ich mag diese Teer- und Bitumenstreicher nicht, weil sie uns Abwasserleute am liebsten für immer in die Kanalisation verwünschten, als ob uns an der Oberfläche so viel läge. Diese Schmierer sind nichts als Schöngeister.

Es ist tatsächlich das einzige Amt, mit dem man stets von neuem in Schwierigkeiten gerät. Mit der Müllabfuhr und dem Bestattungsamt arbeiten wir ohne Reibereien und Nebengefühle. Beide Ämter beliefern wir mit Methangas, das wir aus der Kläranlage gewinnen. Natürlich benutzen wir dieses Gas zu Selbstzwecken, wir heizen die Gebäude der Kläranlage und ebenso die Verbrennungsöfen für das Rechengut. Es ist ein gefährliches Gas, da es geruchlos ist, weshalb wir Merkaptan beifügen. Aber wir gewinnen mehr Gas, als wir bei den Abwässern verwenden können. Die Abgabe an das städtische Gaswerk hat sich wegen zu großer Entfernung bis heute nicht aufgedrängt. Nun kann Methan als Treibgas verwendet werden, sei es gepreßt oder ungepreßt. Wir liefern Methangas an die Müllabfuhr und an das Bestattungsamt. Wenn Sie, meine Herren, die glitzernden Großwagen sehen, in welchen der Müll weggefahren wird, dann denken Sie daran, daß diese Autos mit Methangas aus der Kläranlage betrieben werden; und wenn Sie die schwarzen Wagen mit der silbernen Palme sehen, dann bedenken Sie, daß das Bestattungsamt dem Abwasseramt das Gas verdankt, mit dem es die Särge aus den Wohnungen und Zimmern in die Leichenhallen und Krematorien befördert.

In meinem Falle waren die Beziehungen zum Bestattungsamt vorzüglich. Traf ich dessen Vorsteher, wechselten wir stets drei bis vier Sätze über das Unerläßlich-Amtliche hinaus. Er stammt aus einer der angesehenen Familien unseres Landes. Sein Vater besitzt eine der größten Kunstdüngerfabriken. Ich hatte gelegentlich mit der Firma des Vaters zu tun; denn der Schlamm, den wir aus den Faulräumen gewinnen, läßt sich für die Landwirtschaft gebrauchen, obwohl der Wert des städtischen Schlammes geringer ist als der Handelsdünger. Wir mahlen den stichfesten, trockenen Schlamm für diese Firma. Den Vater sah ich zwar nie. Er war einmal Bauer, der aus den Senkgruben Mist auf die Äcker und Wiesen führte, bis er sich zur Herstellung von Düngemitteln entschied. Er soll zurückgezogen leben und vergrämt sein, weil keiner seiner beiden Söhne die Firma übernehmen will. Jeder entschied sich für einen eigenen Weg; der eine Sohn des Düngerfabrikanten wurde Berufsoffizier; der andere wurde Vorsteher des Bestattungsamtes.

Die Spannungen zwischen dem Abwasseramt und dem Frischwasseramt sind nicht eigentlich ernst zu nehmen – das ist Streit unter Brüdern. Zum Streit kommt es ja erst beim Legen der Rohre in den Straßenkörper. Aus stichhaltigen Gründen, und nicht weil ich Abwasserinspektor bin, muß die Entwässerungsleitung in die Mitte gelegt werden; da sie am stärksten an die Oberflächengestaltung gebunden ist, gehört ihr der Vorrang. Trotzdem entspannt sich jeweils stets von neuem ein Streit. Und dies in einem Maße, daß es zu einem Ehrenpunkt von uns Abwasserleuten wurde, unsere Rohre tatsächlich im Zentrum des Straßenkörpers zu plazieren. Daran schließen sich rechts und links die Frischwasserrohre, und an diese die Kabelleitungen für die Polizei, die Feuerwehr, die Post, das Gaswerk und das Elektrizitätswerk. Das ist die Hierarchie, auf die ich meinen Nachfolger mit Nachdruck hinweisen möchte:

in der Mitte das Abwasser, daneben das frische Wasser auf seinem Weg in die Küchen und Badezimer, ein wenig entfernter, was am Telephon geflüstert und gemeldet wird, was an Gas vom Hauptwerk in die Herde und Öfen geführt wird, was an Energie durch den Boden geht, um Zimmer zu erhellen und Maschinen in Betrieb zu setzen – Alarm und Schrei, Liebesgestammel und Gas, Bestellungen und Strom, alles, was sich oben am Licht weit weg von den Abzugsrohren abspielt; unter der Erde sind es Trabanten der Abwässerkanäle. Es wäre für meinen Nachfolger nur von Vorteil, wenn die Frischwasserversorgung eine seiner Warnungen nicht ernst nähme. Das war bei mir der Fall. Soweit sie mit ihrer Arbeit für sich bleiben, stören die von der Frischwasserversorgung uns nicht. Sollen sie ihre Kesselbrunnen bohren und auch horizontal Grundwasser gewinnen und Oberflächenwasser filtrieren – das ist nicht unsere Sorge. Aber manchmal werden wir in Mitleidenschaft gezogen. Ich hatte zum Beispiel der Frischwasserversorgung persönlich die Warnung überbracht, als Dietrich die erste Bohrung durchführte. Da ich noch nicht Inspektor war, nickte man freundlich und kümmerte sich nicht. Ich begab mich an die Bohrstelle. Die Arbeiter hatten den Boden vorgelockert. Am Tellerbohrer, der bereit lag, erkannte ich, daß es sich um trockenen Sandboden handeln mußte. Ich setzte mich abseits und legte Patience, bis es soweit war. Die Erschütterungen beim Rammen hatten Abzugsrohre gesprengt. Abwasser war in das Grundwasser eingedrungen. Die Bohrung wurde eingestellt, ich packte meine Patiencekarten ein, ohne das Tableau fertig gelegt zu haben. Da ich kurz danach zum

Inspektor der Abwässer ernannt wurde, hörte man auf meine späteren Warnungen. Es ist natürlich fraglich, ob mein Nachfolger gerade das Glück einer kleineren Katastrophe hat, die bewirkt, daß man seinen Warnungen jenen Ernst beimißt, der ihnen zukommt.

In allen Auseinandersetzungen hielt der Leiter des Amtes für Wasserrecht und Gewässerschutz zu mir. Und dies, wie ich Ihnen, meine Herren, schon ausführte, obgleich ich ausschlug, einmal sein Amt zu übernehmen. Seine Treue war um so seltsamer, da er mich durchschaut hatte. Denn als ich zum ersten Male ausschlug, das hohe Amt für Wasserrecht und Gewässerschutz zu übernehmen, hatte ich Hintergedanken. Es ging mir damals tatsächlich um Macht. Die meisten meinen, um Macht zu haben, müsse man an die Spitze steigen, ich aber glaubte damals an die Macht, die der Zweithöchste über den Höchsten ausübt. Ich hatte es selber mit meinem Ingenieur erfahren, der die Kläranlage baute. Was er mir mitteilte, wußte ich; womit er mich verschonte, damit steckte er seinen Machtbereich ab. Alles, was ich aus Rücksicht auf meine Zeit und meine Person nicht erfuhr, schwächte meine Stellung. Nun ist es ausgeschlossen, alles zu erfahren. Je höher man steigt, um so mehr sind es Stichproben, die die Sicherheit und Gewißheit ausmachen. Spielt die Tradition, nach der der Inspektor der Frischwasserversorgung zum Wasserrecht und Gewässerschutz aufsteigt, so bestimmt der Abwässerinspektor alle wichtigen Entscheidungen. Nicht daß er dreinredet, er würde damit seine Kompetenz überschreiten. Aber gelangt man an ihn, dann wird er sagen, daß dies oder jenes aus technischen, aus abwassertechnischen

Gründen, nicht geht, daß er gerne bereit ist, im vorgeschlagenen Sinne zu handeln, aber wie? Man solle ihm sagen, wie? Er werde es tun. Darum wird man immer an ihn gelangen, bevor man eine Entscheidung fällt, und so hat er es in der Hand, über seine Fachkenntnisse dem Ganzen einen bestimmten Lauf zu geben. Würde aber einer von uns an die Spitze steigen, dann würden wir uns dem Frischwasseramt ausliefern.

Damals hatte ich noch Vorstellungen von Macht, die ich heute nicht mehr besitze. Ich war damals nicht nur ein junger, sondern ein ganz frischer Abwasserinspektor. Wenn ich heute auf Ihr ehrendes Angebot, das hohe Amt für Wasserrecht und Gewässerschutz zu übernehmen, wiederum »nein« sage, dann hat diese Ablehnung einen anderen Grund. Meine Einstellung den Abwässern gegenüber hat sich geändert. Denn zwischen dem Nachtessen bei Pfleglich und heute steht ein Ereignis. Ich bedaure, meine Herren, es ist nicht der Umsturz. Wie sollte es bei mir der Umsturz sein – ich verpaßte ihn, indem ich unten auf einem Kontrollgang bei meinen Kanälen war, wo nichts auf eine Umwälzung hinwies. Nein, es ist ein Ereignis anderer Natur, und ich zweifle sogar, ob jener, der daran teilnahm, irgendeine Ahnung hat von dem, was in seiner Gegenwart geschah.

Meine Ferien pflegte ich gewöhnlich an Feiertagen zu nehmen. Nicht nur aus Rücksicht auf das Amt, das dadurch Feiertage einsparte. Aber soll ich als Abwassermann an Familienfesten teilnehmen? Ich zog es vor zu verreisen. Da es meine Ferien waren, nahm mir niemand übel, daß ich über die Feiertage wegfuhr. So war ich vor Jahren in

einer Hafenstadt und stand in einer Kneipe. Da flog die
Türe beinahe aus dem Rahmen, mit solcher Gewalt trat er
ein. Seine Hände umklammerten die Pfosten, er stemmte
den Oberkörper ins Lokal, sackte zurück, seine Knie
spitzten sich nach vorn, dann fiel er mit seinem Gewicht
gegen die Theke. Dabei verlor er die Matrosenmütze. Er
drehte mit seiner Rechten den Kopf zu mir und stützte
ihn, damit er nicht zurückfalle, und wollte wissen, wieviel
Uhr es sei. Ehe ich auf die Uhr sah, fragte er, ob es schon
Freitag sei, und als ich »Mittwoch« sagte, sanken seine
Augenlider. »Aber immer noch Weihnachten?« Ich
nickte. »Saufen wir!« forderte er sich auf, indem er mich
einbezog. Er bestellte zwei Bier und zwei Dornkaat.
»Doppelt, der Herr bezahlt!« Bei »Herr« schaute er mich
drohend und bettelnd an. Ich war einverstanden. »O du
fröhliche, o du selige« trommelte er mit seinen Fingern auf
den Nickel und verlangte eine Zigarette. Als er eine genommen hatte, schaute er nach der Marke und fragte:
»Fremd?« Ich nickte. »Ich auch«, antwortete er, »immer.
Matrose.« Dabei griff er nach seinem Kopf. Ich hob seine
Mütze vom Boden auf; er drängte sie mir auf den Kopf
und belehrte mich mit erhoben-torkelndem Finger: »Nun
bist du auch ein Matrose. Oben. Und ich am Rest.« Dann
sprach er sich zu: »Saufen!« und hob seine Bluse und
zeigte den Latz, an dem ein Knopf fehlte. »Den ließ ich in
Lissabon, Lisboa, boa, boa. Ich habe die Linie gewechselt!
Was tut's? Das Meer bleibt.« Indem er trank, schüttete er
die Hälfte daneben, bestellte das gleiche nochmals und
sagte »zweimal« und sagte »doppelt« und schrie einen
Maat an, der vorbeiging. »Nur hoch hinaus – wenn's ernst

gilt, klettern wir am Mast hoch. Ich sehe Sturm.« Er legte seine Hand über die Augen und flüsterte: »Ich sehe Sturm, der bringt Durst. Rasch noch einen kippen. Stille Nacht, heilige Nacht. Wir waren acht zu Hause; kannst dir vorstellen, beim sechsten wie bei mir verging ihnen der Spaß. Mir auch. Ich war mit dreizehn unterwegs. Habe den Paß gefälscht. Als sie es auf dem Schiff merkten, bezahlten sie mir keine Heuer aus. Ich bin nicht dumm. Ich war zu lange ohne Geld, als daß ich Schulen gebraucht hätte. Ihr Kinderlein, kommet. Wenn die mal alle kämen, die ich gemacht haben könnte. Da geh' ich gleich in die See-manns-Mission. Kennst du die ›Rote Katze‹? Da gehn wir nachher hin. Aber vorher das gleiche noch einmal, doppelt. Traurig?« Ich schüttelte den Kopf. »Tom spielt dir Musik.« Bei »Tom« zeigte er auf sich. Sein Körper schwankte von Ballen zu Ferse. Dann tastete er sich zurück zu mir, hielt die Hand, bettelte um ein Geldstück, das er sich unter dem Kleingeld in meiner Handfläche herausklaubte, warf die Münze ein, drückte die Platte und legte beim ersten Ton seinen Körper über den Automaten und ließ die Hände hängen. Sein Körper zitterte im Rhythmus der Musik, die er sich gekauft hatte, um mich zu trösten.

Wir wechselten in die »Rote Katze«. Der Wirt zerrte am eisernen Rolladen; er wollte schließen, da Festtag sei. Tom hämmerte mit der Faust auf das Schild, so daß die rote Katze blechern donnerte. Er bugsierte mich in das Lokal. Wir fielen neben der Türe auf Stühle nieder. Als der Wirt die Gläser vor uns hinstellte, ließen sie Ringe auf der Tischplatte zurück. »Machen wir eine Kette«, rief Tom.

Wir stempelten mit unseren feuchten Glasböden Ringe auf den Tisch; beim Stempeln schwappte das Bier über; der Tisch war Stempelkissen und Dokument zugleich. Tom hielt seinen nackten Ringfinger vor meine Nase: »Ich war einmal verlobt. Versetzt. Aus.« Dabei stemmte er sein Glas über den Kopf und verschüttete das Bier; es floß über Stirn und Nacken und tropfte auf sein Leibchen, so daß ihm um den Hals ein feuchter Latz hing. Mit einem Ruck warf er sich in die Höhe; über dem Kopf spannte sich eine quergestreifte Flagge. Da sah ich die Tätowierung. Meine Herren, Sie wissen, in anderen Seefahrerzeiten ließen sich die Matrosen das Initial und das Kreuz auf die Brust oder den Arm einritzen; sollten sie im Meer bleiben und an einer Küste landen, dann war der Körper der tote Paß, der Auskunft gab, der Mann, der mit diesem Körper lebte und starb, war kein anonymes Wesen und verlangte ein christliches Begräbnis. Das ist längst vorbei. Andere Zeichen wurden auf die Brust geritzt und gezeichnet. Aber auf Toms Brust war auch nicht das berühmte Seemannsgrab mit der untergehenden Sonne zu sehen, kein Leuchtturm und kein Anker, keine Nixe mit und keine Nixe ohne Fischsterz, kein durchpfeiltes Herz und kein Schiff, weder Katz noch Maus – nur Striche waren zu erkennen, vier senkrecht und der fünfte quer, wie man sich beim Kartenspiel den Gewinn merkt. Die ersten Gruppen waren größer, großspurig und großmaulig, die späteren kleiner, sichtlich, um Platz zu sparen auf der Brust, die unberührt war gegen die Lenden hin. Die letzte Gruppe zeigte nur vier Längsstriche, der Querstrich fehlte. Tom erklärte: »Für jeden Hafen einen Strich auf meiner Brust.«

»Ich begann, als ich ins Mittelmeer fuhr.« Tom hatte das Leibchen über eine Stuhllehne gehängt; er stellte seine Brust vor. »Schon auf diese Weise komme ich in Schwierigkeiten – ich möchte auch den letzten Hafen noch unterbringen. Die Kleine Fahrt hätte sich auch nicht gelohnt. Als Messejungen stellten sie mich ein. Bin ich Konditor? Siehst du mich als Steward oder am Ende als Zahlmeister? Ich bin auch nicht Motorenhelfer oder Kohlenzieher. Auf Deck gehöre ich. Sprich einmal ganz rasch ›Nordenfjeldske Dampskibsselkab‹ nach. Bist du katholisch? Wir führten Fastenfisch. Dorsch. Auf Walfang war ich auch. Da gehst du besser gleich in eine Fabrik.« Mit dem rechten Handrücken wischte Tom über seine Brust, dann fuhr er den ersten Längsstrich ab: »Hamburg. Heimathafen« und streichelte über den zweiten Strich: »Marseille. In Casablanca lernte ich mit den Fingern essen.« Er legte die drei Mittelfinger der Linken zu einer Schaufel ineinander und knickte den Daumen zu einem Halter. »Couscous.« Er leckte sich die Finger. »Beiruth ist eine tolle Stadt. Da wählte ich bei einer Amerikanerin zum Frühstück zwischen Tee, Kaffee und Schokolade; da mußt du einmal hin.« Er hielt inne, sprang mit seiner Hand zur zweiten Gruppe. »Wieder Hamburg.« Er kreiste die zweite Gruppe mit seinem Finger ein. »In Aden habe ich zum ersten Male die gelbe Flagge gesehen. Ein Schiff in Quarantäne, seuchenverdächtig. Bei der Hitze!« Er klaubte aus der Gesäßtasche ein Portefeuille. »Echt Krokodil.« Er zog einen Ausweis aus einem Fach. »Mein Gesundheitspaß. Ich bin in Ordnung.«Er faltete den Ausweis auseinander. »Der Stempel ist frisch. Von der Hafensanität.« Er lachte auf, schmiß den Ausweis auf den Tisch, fuhr mit beiden Händen über seine Tätowiermale, er suchte Colombo. »Heute spritzen sie, da ist alles viel einfacher.« Er zeigte mitten auf die Brust, dorthin, wo das Brustbein endet und die unechten Rippen beginnen. »Am saubersten war es auf einem Kühlschiff. Gefrierfleisch aus Buenos Aires. Hätten sie Oleanderbüsche in die Kühlräume gestellt, es wäre wie beim Fleischer zu Hause gewesen. Die bequemste Kajüte aber besaß ich auf einem Tanker«. Er beugte sich und fingerte eine Kolonne tiefer: »Sechzig Mann Besatzung. Registrierhafen Monrovia.« Er schaute stumm auf den Brustkorb, dann trommelte er mit beiden Händen darauf und schrie die Namen der Häfen aus: Brest und Amsterdam, Hongkong und Genua. Er zog über seine Brust Linien und fuhr durch den Atlantischen Ozean und überquerte den Pazifik. Er suchte einen Hafen im Mittelmeer und einen im Indischen Ozean, und immer suchten seine Finger auf seiner Brust. Die Bremen-Amerika-Linie war unter einem Schlüsselbein eingezeichnet. Djakarta lag in einer Furche gegen das Delta. In der Drosselgrube war Rostock markiert, und Athen lag auf dem verknöcherten Knorpel des Brustbeins. Havanna war in einen Rippenwinkel eingezeichnet, und wo ein Rand den Brustmuskel begrenzt, fanden sich Goldküste und Madagaskar, und im Unterrippengrübchen lagen Recife und Dakar, und spannte sich der Brustkorb, dann wuchsen in den Zwischenräumen der Rippen Feuerland und Concepción, und es dehnten sich Manila und Yokohama, und die Rippenspangen trugen den Globus.

»Was arbeitest du?« fragte mich Tom. »Kanalisation«,

antwortete ich. »Suez? Panama?« Ich schüttelte den Kopf. »Nordsee-Kanal? Brügger Seekanal?« Ich verneinte. »Binnenkanäle?« – »Eher«, sagte ich. »Ich arbeite bei den Abwässern.« Tom lachte auf. »Lebt man davon? Eine Ganztags-Beschäftigung?« Ich nickte. »Es ist jetzt verboten, Öl in die Ostsee abzulassen. Wegen der Vögel, die am Strand krepieren. – Abwasserkanäle. Daß ich nicht draufgehe vor Lachen. So einen traf ich noch nie. Das ist alles unter der Erde? Nicht wahr? So Maulwurf-Stil? Oder? Heinzelmännchen komm Schmutz Schmutz – und das läßt du dir bieten? Wozu verkriechst du dich? Du hinkst doch nicht. Oder stimmt sonst was nicht mit dir? In einem Bergwerk, gut, das verstehe ich – da bringt man wenigstens etwas ans Licht. Aber da unten auf- und abwalzen. Habt ihr auch eine Champignon-Zucht wie in Paris? Die züchten wenigstens Delikatessen.« Er schaute auf den Boden. »Abzugskanäle. Wozu?« Er steckte seine Hand in die Tasche und zog ein Taschentuch hervor. Er hielt es in seiner offenen Hand. »Gebraucht. Abwasser-Taschentuch – da« und er warf es hinter sich. »Und mein Leibchen? – Da« er riß es von der Stuhllehne und schmiß es hinter sich. Dann griff er nach seinem Glas, schüttete den Inhalt über die Achsel aus und schmetterte das Glas an die Wand hinter ihm, ohne hinzuschauen. »Und? Was wir nicht brauchen können, werfen wir über Bord. Bitte« und leerte den Aschenbecher hinter sich. – »Weg, fort.« Dann drehte er sich und wies auf den Boden: da lagen Zigarettenstummel und zerknülltes Papier auf seinem Leibchen, und in den feuchten Glasscherben brach sich das Licht. »Für die Vögel und die Fische, und wenn die nicht wollen, sind sie selber schuld. Man fährt doch einfach weiter und läßt den Dreck hinter sich. Soll sich das Meer darum kümmern. Abzugskanäle? Wozu?« Langsam wandte er sich gegen mich: »Und sollte einer draufgehen, nähen wir ihn ein. Auch die Toten geben wir über Bord. Aber wie ich dich kenne, bist du für Friedhöfe.« Tom salutierte, meldete sich ab, da er einen Abzugskanal inspizieren wolle. Als er zurückkam, stellte er sich vor mich hin: »Ich habe nachgedacht. Abzugskanäle – das ist etwas für Leute mit festem Boden unter den Füßen.«

Dann plumpste Tom auf den Stuhl mir gegenüber und ging auf Große Fahrt. »Abwassermann ahoi!« Nach rechts und links winkte Tom und ließ die Mädchen hochleben, die er zurückließ. Genau achtete er auf das Blinkfeuer in den Augen der Katze. In das verschüttete Bier auf dem Tisch zeichnete er seinen Kurs ein, im Kielwasser seines Fingers wurde die Maserung des Holzes erkennbar. Er stieß mit den Knien an die Tischbeine, und die Klöppel in den Glockentonnen schlugen aus. Tom verließ die markierte Wasserstraße. Sein Kinn fiel gegen seine Brust. Er legte sein Ohr darauf und maß die Tiefe; er warf das Lot für die Ortung von Fischschwärmen und suchte nach Wracks und anderen Hindernissen, und als er seinen Kopf hob, blinzelten die Wimpern und zeichneten ein feuchtes Echogramm. Er bedeutete mir zu schweigen: der Klabautermann sei im Kartenraum, er habe den Schiffskobold am Sextant gesehen; wir müßten Besteck aufmachen. Grinsend zog er aus seiner Tasche ein Stellmesser, klappte es auf und stieß es in die Tischplatte. Er bewegte den Körper nach vorn und zurück und stampfte; er schlingerte und schaukelte hin und her, gleichzeitig zur Seite und gleichzeitig nach vorn und rollte. Er fragte nach der Kiste mit den Signalflaggen. Aber niemand war im Ausguck und keiner auf der Brücke. Tom suchte sein Taschentuch; er trieb in eine faule Küste und sah die vorgelagerten Untiefen und Riffe nicht. Da trat er nach der Katze und gab funktelegraphisch »maedee, maedee« durch und strahlte das anerkannte Notzeichen sos aus. Er gab seinen Namen »Tom« bekannt und nannte als Position die »Rote Katze«. Er wollte Rettungsboote klar machen, Schwimmwesten verteilen und Rettungsringe bereithalten. Er sackte über dem Tisch zusammen und stammelte, wir sollten Wellenöl ins Meer gießen, damit sich die See beruhige, und dann lag er mit ausgebreiteten Armen im verschütteten Bier und flüsterte: »Rettet unsere Seelen«.

Eine solche Begegnung ist für einen Inspektor der Abwässer entscheidender als alles andere, was ihm zustoßen mag: die Begegnung mit einem Manne, der über die Kanalisation lacht, weil er sie nicht braucht. Am Tag nach Toms Bekanntschaft und Abschied ging ich schon in der Frühe schlendern, über Brücken und Stege, entlang den Kanälen, die offen dalagen. Es war ein kühler Wintermorgen, und die Sonne kam erst spät durch, und als die Sonne durchkam, floh das Dunkel als Schatten in den Schutz der Häuser und Bäume.

Ja, meine Herren, seither berechnete ich die Auflasten für die Rohrleitungen und die Kanäle mit anderen Empfindungen. Durch die Kanäle eines Abwassermannes ziehen keine Schiffe, sie verbinden keine Meere und keine Seen, sie sind überdeckt und spüren nie die Sonne; nur den

Regen, den der Sturm bringt, nehmen sie auf. Und Tom hätte gelacht, wenn ich ihm gesagt hätte, mein Hafen sei das Klärwerk.

Ein Abwasserinspektor legt mit seinen Kanälen kein Sumpfgebiet trocken. Seine Kanäle machen nicht aus unbewohntem Land bewohnbares. Aber sie tragen dazu bei, daß bewohntes Land bewohnbar bleibt. Führten keine Rohre und keine Kanäle die Abwässer fort, die Leute müßten eines Tages ihre Häuser und Wohnungen verlassen. Daran mag ein Inspektor der Abwässer denken, reißt er den Boden auf und lagert er beim Aushub die verschiedenen Böden getrennt, damit sich der Lehm nicht mit dem Kies mischt und der Kies nicht mit dem Sand. Da selten genügend Bauraum vorhanden ist, kommen beim Verlegen der Rohre kaum Baugruben mit geböschten Wänden, dafür um so mehr solche mit senkrechten ausgesteiften Wänden zur Verwendung. Diese Baugruben sind ein Eingriff in den gewachsenen und geschütteten Boden. Ein Abwassermann stört das natürliche Gleichgewicht. Aber nur, indem er den Boden unterhöhlt und mit einem Entwässerungsnetz durchzieht, macht er, daß der Boden unter den Füßen der andern fest, tragfähig und verläßlich ist.

Wir decken unsere Arbeit zu. Wer steigt schon zu unserem Werk hinunter; es sei denn, er wolle flüchten. Aber nicht der Boden unter unseren Füßen bereitet uns Arbeitssorgen, sondern der Boden, der über den Rohren und Kanälen liegt. Die äußere Rohrbelastung besteht aus Erd- und Verkehrslast. Nasser Lehm lastet anders als Mutterboden. Es gilt der zusätzlichen Belastung Rechnung zu tragen. Wenn unser Kultur-Ministerium Schwierigkeiten mit den Abzugskanälen hatte, dann nur, weil es einen Bau aufstellte, der schwerer und größer als der ursprünglich geplante war. Das hatte eine Fundamentlast zur Folge, welcher die Abzugsrohre nicht gewachsen waren. Bruchsicher heißt bei den Abzugsrohren nicht, daß man unbekümmert belasten darf. Wenn der erforderliche Sicherheitsgrad nicht erreicht wird, dann müssen die Rohre besonders sorgfältig eingeschwemmt oder auch mit grobsandigem Boden hinterstampft werden, möglicherweise bewähren sich auch Überschiebmuffen aus Stahlbeton. Hätte das Kulturministerium die Warnung des Abwasseramtes ernst genommen, es hätte nicht in Baracken ausquartiert werden müssen und stellte heute mehr als ein Provisorium dar. Ein Inspektor der Abwässer ist kein Magier, obwohl sein Ehrgeiz dahin zielt, ein bruchsicheres System zu haben.

Schreibe ich die Auflastformeln, haben diese Zeichen für mich etwas Tröstliches. Ein Inspektor der Abwässer ist nicht allein. Andere haben schon über gleiche Fragen nachgedacht, haben den Abminderungsfaktor infolge der Reibungskräfte berücksichtigt und haben den Füllboden über dem Rohrscheitel zur Grabenlänge in Beziehung gesetzt. Mit dem Gefühl der Sicherheit schreibe ich die Formeln hin, auch wenn ich weiß, daß sie keine letzte Garantie sind. Ich liebe die Formeln, sehe ich die griechischen Buchstaben, die sich mit arabischen Zahlen und lateinischen Lettern verbinden. Eindeutig wie eine Formel müßte man sein Leben hinstellen: anonym, zu gebrauchen, und ohne Furcht, behaftet zu werden.

Meine Herren, Sie haben mich gebeten, ein Gutachten

über die Abwässer zu schreiben. Glauben Sie mir, ich gab mir Mühe, ein solches Gutachten zu verfassen. Vor mir liegen die Bücher, um in ihnen Einzelheiten nachzuschlagen: das unentbehrliche »Taschenbuch der Stadtentwässerung« von Imhoff, Wentens »Kanalisationshandbuch« und die »Stadtentwässerung« von Hosang. Ich hatte die Absicht, in diesem Gutachten nur von den Abwässern zu reden, aber meine Person kam mir dazwischen. Ich bin ob mir selber überrascht. Ich war fest überzeugt, ich sei im Umgang mit meiner Person sachlicher. Aber ich sehe, ich kann nicht von den Abwässern schreiben, ohne nicht gleichzeitig von mir zu reden.

Sie teilten mir mit, Sie hätten mich für einen höheren Posten vorgesehen. Ich lehne die Beförderung ab. Ich versuchte Ihnen zu zeigen, daß ich nicht der Mann für einen solchen Posten bin. Wie sollte ich mich befördern lassen, da ich bereits der Inspektor der Abwässer war? Welcher Umsturz auch immer stattfindet, für mich gibt es keine andere Möglichkeit, nützlich zu sein, außer die Abwässer abzuleiten und die Kanalisation zu inspizieren. Ich legte Ihnen dar, daß ich zweideutig genug bin, um dieses Amt auszuüben; ich stehe dazu, daß mir der Abwasserblick eignet; ich bin bereit, mein Ohr allen jenen zu leihen, die irgendwie mit einem Inspektor der Abwässer reden mögen; ich lege Patience und kann meine freie Zeit ausfüllen auf eine Weise, die niemanden stört und kaum jemanden benötigt; ich komme allen Verpflichtungen nach, die eigentlich über das Inspektorat hinausgehen und würde beim Film über die Flüchtlinge gerne Sachberater sein. Ich hoffte, Ihnen mit diesem Gutachten zu zeigen, daß ich den beruflichen Kenntnissen und meinem Leben nach einen brauchbaren Inspektor der Abwässer abgäbe. Welche Zukunft auch immer beginnt, welche Ordnung auch geschaffen wird – Abwässer werden die lichteste Zukunft und das gerechteste Morgen hervorbringen, und es braucht jemand, der diese Abwässer ableitet und deren Kanäle inspiziert. Ich glaube nicht an das Individuum, aber daran, daß es einen ihm entsprechenden Platz einnehmen kann, den möchte ich nicht verlieren. Darf ich mich um meine eigne Nachfolge bewerben? Ich stelle mich zur Verfügung.

Hugo Loetscher
im Diogenes Verlag

»Hugo Loetscher ist zweifellos der kosmopolitischste, der weltoffenste Schriftsteller der Schweiz. Es weht ein Duft von Urbanität und weiter Welt in seinen Büchern, die sich dennoch keineswegs von den sozialen Realitäten abwenden, ganz im Gegenteil. Hugo Loetscher ist eine Ausnahmeerscheinung in der Schweizer Gegenwartsliteratur nach Frisch und Dürrenmatt. Eine Ausnahmeerscheinung ist er durchaus bezüglich der literarischen Qualität. Er ist es aber auch als Intellektueller: Eben weil es ihm gelungen ist, die kulturelle und politische Enge der Schweiz in ein dialektisches Verhältnis zu bringen. Und fruchtbar zu machen.«
Jürg Altwegg